입은 것들의 말하기

입은 것들의 말하기

2024년 4월 24일 초판 1쇄 발행

글	강다민
표지 그림	신하정
강원도 토박이말 감수	전인혁
펴낸이	김완중
펴낸곳	내일을여는책
책임편집	문현경
디자인	박정화, 김다솜
관리	장수댁
인쇄	정우피앤피
제책	바다제책
출판등록	1993년 01월 06일(등록번호 제475-9301)
주소	전라북도 장수군 장수읍 송학로 93-9(19호)
전화	063) 353-2289
팩스	063) 353-2290
전자우편	wan-doll@hanmail.net
블로그	blog.naver.com/dddoll
ISBN	978-89-7746-889-4 43810

입은 것들의 말하기

| 강다민 지음 |

내일을 여는책

| 차례 |

하얀 운동화

"바다다!"

가을이 외치며 달린다. 하늘을 붉게 물들이며 작은 태양이 수평선 너머로 올라온다.

"빨리 와!"

가을이 뒤돌아 나에게 외치다가 발이 엉켜 모래사장을 구른다. 나도 몸을 날려서 모래 위로 넘어진다. 모래는 밀가루처럼 부드럽다. 멀리서 컹컹, 하고 개 짖는 소리가 들린다.

"아, 짜."

가을이 입안의 모래를 퉤 뱉는다.

우리는 모래 위에 앉아 떠오르는 해를 바라본다. 아니다. 해가 떠오른다는 말은 틀린 말이다. 지구가 자전을 하며 우리가 태양에 가까워졌다가 멀어졌다가 하는 것이다. 그러니까 지금 우리는 태양 쪽으로 가까이 다가가는 중이라고 말해야 한다. 이제부터는 무심코 지나가던 것들에 대해서 내가 옳다고 알고 있는 것들을 정확히 말할 것이다. 우리는 순식간에 온전히 해의 앞에 섰고, 햇빛이 강렬하게 눈을 찌른다.

"소원 빌자, 고양이 할머니가 그랬잖아."

나는 눈을 감고 손을 모았다. 왠지 소원을 빌 때는 그렇게 해야 할 것만 같다. 실눈을 뜨고 옆을 보니 가을도 똑같은 자세다.

가을이 일어나 바다 쪽으로 가까이 다가간다. 나도 다가간다. 파도가 밀려오자 가을이 악, 소리 지르면서 뒤로 물러난다. 하지만 나는 그대로 서 있다. 하얀 운동화가 바닷물에 서서히 잠긴다. 붉게 물들었던 자국이 조금 옅어지는 것 같다.

"야 너 신발!"

"괜찮아. 신발인데 젖을 수도 있지."

내 말에 가을은 엄지를 치켜세운다.

"오담 가출 성공!"

가출. 어제 아침에는 내가 강릉에서 일출을 바라보고 있게 될 줄 전혀 몰랐다. 어제 일어난 일은 까마득한 옛날에, 어쩌면 전생에 일어났던 일처럼 느껴진다. 파도가 또 밀려올 준비를 하면서 물결을 키운다. 아무리 큰 파도라도 결국 신발이나 적실 뿐이다. 더 심해 봤자 바지까지 조금 젖는 것뿐이다. 가을이 갑자기 내 등으로 올라타서 우리는 그대로 바다에 풍덩 빠지고 말았다.

"야, 진짜 추워!"

가을과 나는 깔깔 웃었다. 옷이 흠뻑 젖어도 좋다. 그래도 괜찮다는 것을 십칠 년 만에 알았다. 너무 늦은 걸까, 빠른 걸까.

"어, 너희 엄마한테 DM 왔어! 사칭범 신고했대!"

"진짜?"

나는 가을을 끌어안았다. 고마워, 하고 귀에 대고 말하자 나를 밀쳐 내고 귀를 후벼 판다.

"그럼 네가 라면 쏴라."

"오케이!"

해변을 달리자 푹푹 파인 발자국이 길게 따라온다.

어제는 아침부터 이상한 날이었다.

엄마는 잔뜩 짜증이 난 얼굴이었다. 냉장고에서 편의점 샌드위치를 꺼내 주고 신발장으로 가서 한참을 뒤적이더니 하얀 운동화를 꺼냈다. 엄마가 지난주에 사 온 운동화인데 아직 길이 들지 않아서 두 번 신고 신발장에 넣어 두었던 것이다. 샌드위치를 한 입 베어 물고 있는데 엄마는 빨리 신발을 신으라고 했다. 나는 샌드위치를 입에 문 채로 현관으로 가 하얀 운동화에 발을 넣었다.

"뭘 묻혀 온 거야. 하얀 건 조심해서 신으라고 했잖아."

깨끗하게 신은 건데, 하고 말하려다가 입안의 샌드위치와 함께 말을 삼켰다. 이런 날은 그냥 조용히 있는 게 상책이다. 엄마는 물티슈를 거칠게 뽑아서 흙이 조금 묻은 것을 닦아 내고 폰을 꺼내 사진을 찍었다. 평소라면 한두 장 찍고 말았을 사진을 열 장도 넘게 찍었다.

"다른 포즈로 서 봐. 빵은 계속 먹고."

나는 엄마가 시키는 대로 이리저리 자세를 바꿔 가면서 사진에 찍혔다.

"끈을 이렇게 묶지 말고, 똑같은 신발이어도 특별해 보여야지."

엄마는 왼쪽 신발을 벗겨서 다시 끈을 묶었다. 신발을 뺏겨 허공에 떠돌던 발을 오른쪽 운동화에 올린 채 가을에게 카톡을 보냈다.

〈엄마 빡침. 먼저 가〉

〈ㅋㅋㅋㅋㅋㅋ ㅇㅋ〉

엄마는 다시 끈을 묶은 쪽 신발만 나오도록 사진을 찍더니 만족스럽지 않지만 어쩔 수 없다는 듯이 폰을 내렸다. 그제야 나는 현관을 나설 수 있었다. 이미 지각이었다. 짝짝이로 묶은 신발을 신고 달렸다. 공원 길 끝에 가을이 슬리퍼를 끌며 느긋하게 걸어가는 것이 보였다. "야, 추남!" 하고 부르면서 달리다가 풀린 신발 끈을 밟고 공원 한복판에 그대로 엎어졌다.

"형님의 존엄한 이름을 추남이라니, 벌받을 만하지?"

가을이 손을 내밀어 일으켜 주는 척하다가 어깨를 도로 퍽 밀어 나는 한 바퀴를 더 굴렀다.

"아 부러진 거 같은데?"

얼굴을 찡그리면서 한쪽 손으로 발목을 붙들고 다른 손을 내밀자 가을은 다시 손을 잡았다. 그리고 나는 그 손을 잡아 가을을 넘어뜨렸다.

"길 한복판에서 뭐 하냐?"

신발 끈이 휘날리도록 달렸다. 뒤에서 가을이 슬리퍼를 끌며 쫓아오는 소리가 들렸다.

의자에 앉자마자 신발을 벗어 물티슈로 닦았다. 밟힌 신발 끈은 이미 누렇게 물들었다. 한 소리 듣게 생겼다. 하얀 운동화의 몸통과 앞부분만 닦을 수 있는 만큼 닦고 있는데 가을이 다가왔다.

"신상이냐?"

가을이 물었다. 나는 대답할 말이 없어서 신발을 내려놓고 폰을 꺼내며 물었다.

"오늘 급식 뭐냐?"

가을이 신발을 보는 동안 나는 폰을 켜서 급식표를 찾았다.

"이거 화이트 컬러는 한정판 아니냐?"

가을이 또 물었다.

"또 고등어, 진짜 우리 학교 원양어선 인정?"

가끔 우리는 대답하지 않는 대화를 한다. 동문서답이 아니라 동문서문.

"아 진짜, 어떻게 샀냐고?"

가을이 짜증을 섞어 물었지만 나는 대답할 말이 없

다. 정말 대답할 말이 없어서 할 수가 없다.

"라면이나 먹을래?"

가을이 신발을 탁 내려놓더니 등을 돌리고 폰을 꺼
냈다. 나는 괜히 물티슈만 만지작거리다가 다시 신발을
닦았다.

"이거 왜 안 지워지냐?"

엄마가 묶어 놓은 신발 끈을 한 땀 한 땀 도로 풀어헤
치며 대답 없는 물음표로 말했다. 흙으로 물든 신발 끈
은 물티슈로 닦아도 다시 하얗게 돌아가지 않았다. 엄
마가 싫어할 텐데. 아무리 그래도 신발을 얼마나 더 깨
끗하게 신을 수 있겠난 말이다. 틈틈이 닦아도 하얀 운
동화에는 어쩔 수 없이 뭔가가 묻기 마련이다. 아니, 모
든 운동화에는 뭔가가 묻는다. 하얀색이라 더 잘 보일
뿐이다. 나는 더 이상 닦이지 않는 운동화를 대충 구겨
신고 가을의 어깨를 툭 쳤다.

"야, 삐졌냐? 나 진짜 몰라서 그래. 엄마가 사 와서 그
냥 신는 거야. 이거 어디 건지도 몰라."

"모른다고? 인스타에 올려놨으면서?"

엄마다. 엄마는 쇼핑몰 계정에 가끔 내 사진을 올린
다. 아들 옷을 잘 입혀 주는 엄마로 보여야 쇼핑몰도 잘

된다고 했다. 요새는 인스타에 검색해서 쇼핑몰로 유입되는 인구가 많아서 이것도 홍보 수단이라고 했다.

"그거 엄마가 올린 거야. 거기 쇼핑몰 주소 있지? 우리 엄마가 하는 거야."

"너희 엄마가?"

"그래."

"오픈런해서 커플템으로 샀다고?"

"어? 뭔 말이야?"

가을이 내민 폰에는 내 신발이, 지금 신고 있는 이 신발이 있다. 엄마가 아침에 묶은 신발 끈 모양으로. 신발이 잘 보이도록 아래부터 위로 올려다보는 구도로 찍었다. 문에 기대서 샌드위치를 물고 있는 내 얼굴이 무표정하다.

그런데 뭔가 이상하다. 엄마 쇼핑몰 이름이 아니다. 5dam. 내 이름이다. 아래 적힌 내용은 더 이상하다.

'이거 진짜 내 거 맞아? 말도 안 돼. 너무 예쁘잖아!!!!! 봐도 봐도 안 질림 #신발이사람이라면이건그냥우주존잘 #짝퉁아님 #신상그거맞음 #주말에엄마랑 #오픈런성공 #커플템 #고1패션'

"이게 뭐야?"

나는 가을에게 소리쳤다. 이번에는 가을이 대답할 말을 찾지 못했다.

"이게 뭐냐고!"

해시태그를 단 글자들이 작은 그물에 갇힌 것처럼 꾸물거리다가 화면이 꺼졌다. 인상을 쓰고 화면을 노려보고 있는 내가 비쳤다.

가을이 내 폰에 인스타그램을 깔아 주고 계정도 만들어 주어서, 나는 오전 내내 5dam 계정을 들여다보았다. 수업 시간에 핸드폰을 보는 것은 엄연히 금지되어 있다. 하지만 다행히 미술 시간이 두 시간 연속이었고, 미술 시간에는 이미지 자료를 검색할 수 있게 핸드폰을 풀어 준다. 미술 선생님께는 죄송하지만 나는 도저히 수업에 집중할 수 없었다.

엄마가 내 사진을 인스타그램에 올리는 것은 알고 있다. 엄마는 어딜 가든 사진부터 찍는다. 아주 어릴 때부터 그래 왔다. 음식이 나와도 먹지 못하고 음료수 빨대를 입에 문 채로 기다렸다. 바다에 놀러 가서도 장난감을 들고 기다렸다. 이제 사진 다 찍었으니까 놀아도 돼, 하는 말이 나올 때까지. 엄마는 사진이 마음에 들게 나오면 온종일 기분이 좋다. 나는 엄마가 좋아하는 모습

이 좋다. 그래서 엄마가 사진을 찍을 때면 귀찮고 지겨
워도 참았다. 억지로 귀여운 표정을 하는 것도 잠깐 견
딜 수 있었다.

　학교나 학원에서 아는 애들 절반 이상이 인스타그램
이나 페이스북 같은 SNS를 한다. 나는 한 번도 하고 싶
다는 생각이 들지 않았다. 그 안의 사진들은 전부 나처
럼 억지로 참고, 놀고 싶어도 놀지 못하고, 음식이 나와
도 바로 못 먹고 기다리면서 찍은 것처럼 모순되게 느
껴진다. 나에겐 즐겁지 않은 순간이 누군가에겐 즐거운
시간으로 보인다는 것이 가짜 같다. 그래서 나는 핸드
폰으로 사진을 찍는 것도 즐기지 않는다.

　'할배가 되어서도 신고 싶은 스웨이드 스니커, 기말고
사 잘 보면 사 준다고 했는데 잘 못 봤더니 기운 내라고
사 주심. #엄마인가천사인가 #하지만할배는안될거임'

　'목 쫑쫑한 맨투맨을 오버핏으로 입으니 어린이가 된
것 같은 기분. 유치원 때 입던 원아복 느낌. #왜벌써고
딩임 #유치원패션아님'

　이 사진은 다른 문제다. 엄마가 엄마로서 자기 계정
에 내 사진을 올리는 것과 전혀 다른 문제다. 내가 아닌
나를 만들었다. 내가 신고 싶은 것이 아닌 신발을 신고,

내가 입고 싶은 옷이 아닌 옷을 입은 모습으로, 내가 쓰고 싶은 말이 아닌 해시태그로 나를 설명하면서, 가짜 오답을 만들었다. 만약 나를 모르는 사람이 이 사진과 글을 읽는다면 나를 완전히 다른 사람으로 알 것이다.

"야, 아직도 그거 보나?"

가을과 나는 급식실 대신 매점으로 갔다. 고등어는 먹기 싫었다. 고등어가 아니라 어떤 진수성찬을 차려준대도 지금은 먹고 싶지 않다.

가을이 핫도그를 사러 간 사이, 나는 매점 앞 벤치에 앉아 다시 폰을 꺼냈다. 이번에는 엄마의 쇼핑몰 계정을 찾았다. 제일 처음에는 오늘 아침에 찍은 내 사진이 있다. #신상운동화 #아들선물 #고1선물 정도로 짧은 해시태그다. 화면을 내린다. 고등학교 입학선물로 받은 헤드셋을 끼고 있는 옆모습, 코로나로 입학식이 취소되어서 교문 앞에서 찍은 사진, 하나하나 스크롤을 내릴 때마다 점점 시간이 되돌아갔다. 내 모습은 점점 어려진다. 기억이 나는 사진도 있고 기억나지 않는 사진도 있다. 잘 꾸며 놓은 카페에서 선글라스를 머리에 꽂고 스웨터를 어깨에 걸친 채로 포크를 들고 있는 나. 번쩍거리는 새 구두와 정장 바지에 와이셔츠를 입고 어른처럼 서 있는 나. 아이돌 가수처럼 벽에 기대 손으로 머리를 짚은 나. #어린이패션 #엄마나이거입을래요 #젠더리스패션.

엄마의 인스타그램 계정에는 페이스북 계정도 연동되어 있었다. 엄마의 페이스북은 처음 봤다. 거기에는 훨씬 더 옛날 사진들로 가득했다. 초등학생에서 유치원으로, 점점 시간을 거꾸로 거슬러 올라갔다.

입가와 옷에 짜장면을 잔뜩 묻히고 먹는 나.

발가벗은 채로 장난감을 가지고 놀고 있는 나.

핑크색 변기에 앉아 있는 나.

변기에 앉아 있는 모습은 심지어 동영상까지 있다. 응가, 힘줘, 하는 목소리가 들린다.

'처음으로 아기 변기에서 똥 싼 날, 우리 효자^^'

손이 부들부들 떨렸다. 숨이 잘 쉬어지지 않았다. 가을이 다가와서 핫도그를 주는 것도 몰랐다. 가을이 내 손에 들린 폰을 들여다보더니 "이거 너야?" 하고 물었다.

"진짜, 이건 너무하잖아!"

짜증이 나서 머리가 터질 것 같았다. 뭐라도 집어 던지고 싶었다. 폰을 집어 던지려고 머리 위로 들어 올렸더니 가을이 내 팔을 잡았다.

"야야, 폰 말고."

내 손에 들린 폰을 빼고 대신 핫도그를 주었다. 나는 핫도그를 할 수 있는 한 제일 세게 집어 던졌다. 잔뜩 뿌린 케첩이 하얀 운동화에 튀었다.

짜증이 나고 화가 나는데, 정확히 어떤 감정인지 설명할 수가 없어서 더 답답하다. 엄마는 내 모습을 인터넷에 올렸다. 누구라도 볼 수 있는 공간에, 나도 모르는 내 사진을 올렸다. 아주 어릴 때이지만, 옷을 입지 않은 나체 사진과 똥을 싸는 모습을 올렸다. 누구도 보여 주고 싶지 않은 모습일 것이다. 세상에 어느 누가 자신이 똥을 싸는 모습을 보이고 싶겠는가? 만약 내 친구들이 이걸 본다면, 뭐라고 생각할까?

창피하다, 아니, 창피하다는 말로는 부족하다. 부끄럽다는 말도 모자라다.

"시인의 수치심을 표현한 구절이에요."

문학 선생님의 말이 갑자기 귀를 뚫고 들어왔다.

"수치심이요?"

나도 모르게 말이 튀어나왔다.

"윤동주의 수치심은 일제 강점기에 강제로 일본식 이

름을 써야 하는 현실에서 비롯되었다고 할 수 있어. 그 기분이 어땠을까? 내 이름이 아닌 일본식 이름으로 불릴 때의 감정은 부끄러움을 넘어선 더 큰 감정, 그런 것을 수치심이라고 부르는 거야."

내가 아닌 나로 보이는 감정, 부끄러움을 넘어선 더 큰 감정, 내가 느낀 것은 수치심이다.

'아무리 엄마라고 해도 내 모습을 마음대로 인터넷에 올릴 권리가 있단 말인가?'

하루 내내 질문을 해 봤다. 아무리 생각해도 결론은 '아니'다.

집으로 돌아와 가장 커다란 가방에 옷과 신발을 담았다. 엄마가 올린 사진들에 나오는 신발, 청재킷, 패딩, 바지, 닥치는 대로 담았다. 가방을 들고 나가려는데 집에 막 들어오는 엄마와 현관에서 마주쳤다. 엄마는 하얀 운동화에 튄 케첩 자국을 보고, 나를 보고, 내가 든 가방을 보았다.

"뭐 하는 거야?"

할 말이 없다. 무슨 말을 해야 하는 걸까. 이 옷과 신발을 버리고 난 뒤에 집을 나갈 거라고 한다면 엄마는 무슨 반응을 보일까. 가출을 결심한 마당에 가출을 하겠다고 정직하게 말하고 가출하는 청소년이 몇이나 있을까?

"나갈 거예요."

"이건 뭐고, 그건 뭐야?"

엄마는 붉게 물든 운동화와 가방을 차례로 턱으로 가리켰다.

"밥 먹다가 흘렸고, 이건 버릴 거예요."

엄마가 내 손에 든 가방을 낚아채려고 했다. 가방을 쥔 손에 힘을 주어 더 꽉 잡았다.

"왜 이래, 너?"

"엄마야말로 왜 맘대로 내 사진 다 올렸어요?"

"무슨 소리야?"

"엄마라고 해서 내 얼굴까지 다 나오게 해서 인터넷에 올릴 권리는 없어요!"

내가 소리를 지르자 엄마는 잠깐 움찔하는 듯했다.

"그건… 그것 때문에 이러는 거야? 그럼 말을 하면 되잖아? 여태 한 번도 안 그러더니 갑자기 왜 이래? 사춘기야?"

엄마의 말에 눈에 뜨거운 것이 차올랐다. 사춘기라니,

그런 단순한 말로 오늘 일어난 일을 간단하게 넘겨 버릴 수 있다니. 억울하다. 너무 억울해서 벽돌이라도 깨고 싶었다.

"내가 비싼 운동화 사 주고 내 맘대로 사진도 못 찍어? 나중에 너한테도 다 추억이 되는 거야. 그리고 엄마 쇼핑몰 하는 데도 도움이 되고. 가족끼리 사진 좀 찍었다고 이러는 게 말이 되니?"

"똥 싸는 동영상이 쇼핑몰에 도움이 된다고? 그것뿐만이 아니잖아, 엄마는… 엄마는!"

소리를 지르는데 눈물이 떨어져서 말이 목에 걸렸다.

"엄… 마가… 나는 아니잖아. 내가 엄마 흉내 낸 적 있어? 엄마가 왜 나인 척하는데?"

"뭐라고?"

"엄마가 나인 척하면서 올렸잖아! 오답이라고 하면서!"

마지막 말을 던지고 나는 엄마를 밀쳐 내고 현관을 뛰쳐나왔다. 손에 든 가방끈 한쪽이 떨어져 너덜거렸다. 하얀 운동화에 붉은 자국은 그새 더 짙어진 듯 빨갛게 빛났다.

〈집 나왔다〉

〈어딘데?〉

〈의류 수거함〉

〈기다려〉

가을이 달려왔다. 슬리퍼를 찍찍 끄는 소리가 아파트 건물 사이사이로 울렸다.

"가출해서 고작 의류 수거함 앞에 있냐?"

"이거 버리려고."

나는 가방을 들어 보였다.

"뭔데? 봐 봐."

가을이 가방을 열고 내 신발과 옷들을 하나씩 살폈다.

"이것도 거의 새거네, 이거 진짜 비싼 건데, 나도 이거 사고 싶었어. 이걸 다 버린다고?"

"응. 절대 다시는 안 입을 거야."

"그래도 너무 아깝잖아."

"어차피 여기 넣으면 다시 누가 가져가는 거 아냐?"

"아니야. 요즘은 너무 많아서 거의 태우거나 버린대. 아프리카 같은 곳에."

"뭔 상관."

가을은 잠시 고민하더니 폰을 꺼내 들었다.

"너 돈 없지? 이거 팔자."

"어떻게 팔아?"

"이 형님이 못 하는 게 뭐냐, 기다려 봐."

가을은 운동화를 한 켤레, 한 켤레 바닥에 늘어놓고 사진을 찍었다. 위에서도 찍고 옆에서도 찍었다. 사이즈가 보이도록 라벨도 가까이에서 찍었다. 그리고 능숙하게 중고 거래 앱에 사진을 올렸다.

"일단 중고 시세대로 올렸어."

"넌 어떻게 이런 걸 할 줄 알아?"

"형이 가르쳐 줬어."

"형?"

"야, 연락 왔다."

의류 수거함 앞은 거래하기에 좋지 않다면서 가을은 대로변 스타벅스로 나를 데려갔다. 음료를 주문하지 않아도 직원들은 별로 신경 쓰지 않는 눈치였다. 야구모자를 눌러쓴 대학생으로 보이는 형이 들어와서 두리번거리다가 우리 쪽으로 다가왔다.

"신발 거래 맞으세요?"

"네, 맞아요."

가을이 가방을 열어서 대학생 형이 문의한 신발을 꺼

내 들었다.

"진짜 정품 맞아요?"

"이 친구 거예요. 정품 맞고요."

"270? 좀 작아 보이는데 신어 봐도 되죠?"

대학생 형은 신발을 신더니 기분 좋게 주머니에서 오만 원 두 장을 꺼냈다.

"어? 이것도 파는 거예요? 이거 꽤 레어템인데?"

"네, 이거 몇 번 안 신은 거예요. 다 파는 거예요. 같이 하시면 싸게 해 드릴게요."

내가 얼른 말했다. 이런 식이라면 며칠은 버틸 수 있을 것이다. 돈이 다 떨어지고 난 뒤엔 어떻게 될까? 그런 건 지금 생각하고 싶지 않다. 나는 대학생 형이 주는 대로 총 삼십만 원을 받았다.

"너무 싸게 준 거 같은데."

가을은 다음부터는 자신이 팔겠다고, 가만히 있으라고 했다. 다음은 엄마 나이 정도 되어 보이는 아주머니였다.

"아들 주려고 사는 거야. 근데 너희들 고등학생 아니야?"

"형 심부름이에요."

"확실해? 훔친 거 아니지?"

"훔친 거라뇨?"

"아니, 이거 백화점에서 봤던 브랜드인데 학생들이 이런 걸 어떻게 샀어?"

"백화점에서 산 거 맞아요."

가을이 가만히 있으라고 했지만 나는 참지 못하고 말했다. 그래도 뭔가 미덥지 않았는지 아주머니는 운동화 밑창까지 들춰 보았다.

"좀 깎아 줘, 내 아들이랑 나이도 비슷해 보이는데."

"안 살 거면 가세요. 지금도 문의 많이 들어오고 있거든요?"

가을이 중고 거래 앱 채팅방을 흔들어 보이며 말하자, 아주머니는 얼른 돈을 주고 신발과 옷을 챙겨 스타벅스를 나갔다. 마지막으로 파란색 운동화 한 켤레가 남았을 때, 가을이 말했다.

"이것만 팔면 끝이다."

왠지 아쉬운 듯이 가을은 운동화를 만지작거렸다. 그때 고등학교 교복을 입은 남자 둘이 들어왔다.

"너냐?"

담배 냄새가 역하게 풍겼다. 한 명은 샛노랗게 머리

를 탈색했고, 다른 한 명은 입술과 눈썹에 피어싱을 했다. 둘 다 몸에 딱 맞게 교복을 줄여 입었는데 우리 학교 교복은 아니었다.

"야, 너네 중앙고야? 몇 학년이야?"

탈색이 말했다.

"일 학년인데."

가을이 말하자 피어싱이 가을의 어깨를 툭 쳤다.

"요, 해야지. 일 학년인데요."

스타벅스 안의 사람들이 우리를 돌아보는 게 느껴졌다.

"나가자."

탈색과 피어싱은 파란색 운동화를 한 짝씩 손에 들고 밖으로 나갔다. 나는 따라가지 말자고 가을을 잡았지만 가을은 괜찮아, 하며 그들을 따라갔다.

학원 바로 뒷골목은 옷 가게가 몰려 있는 거리이고, 그보다 한 골목 더 안쪽으로는 술집과 모텔이 몰려 있는 거리가 있다. 한 번도 지나가 보지 않은 골목이다. 탈색과 피어싱이 모텔과 모텔 사이의 주차장 구석으로 우리를 몰아넣었다.

"다른 것도 많이 올렸던데, 왜 이거 하나밖에 없어?"

탈색이 내 가방을 털어 보면서 말했다.

"살 거예요, 말 거예요?"

가을이 말하자 피어싱이 큭, 코웃음을 쳤다.

"야, 좀 보고 사자. 중고라도 내가 살 건데 좀 보면 안 되냐?"

탈색과 피어싱이 한 짝씩 손에 든 파란색 운동화 끈을 잡고 뱅뱅 돌렸다. 그러더니 피어싱은 내 하얀 운동화를 내려보았다.

"어, 이것도 좋은데, 이건 안 팔아?"

"이건… 파는 게 아닌데…."

나는 떨리는 목소리를 감출 수 없어서 말을 하다 말고 고개를 숙였다.

"그럼 팔지 말고 그냥 주면 안 돼?"

피어싱이 내 뺨을 툭툭 쳤다.

"안 돼요."

그런데 갑자기 퍽, 하는 소리가 났다. 가을이 피어싱의 어깨를 밀친 것이다.

"신발 내놔."

탈색이 가을의 얼굴에 주먹을 날렸다.

"내놔!"

가을은 탈색의 몸통을 끌어안았다. 얼굴을 때릴 수

없자 탈색은 등과 허리를 내려쳤다.

"그만해!"

내가 소리치자 이번에는 피어싱이 내 쪽으로 달려와서 나를 밀쳤다. 나는 바닥에 쓰러졌다. 갑자기 어디선가 알 수 없는 힘이 올라왔다. 벌떡 일어나서 가을을 때리는 피어싱과 탈색을 밀쳐 버렸다.

"도와주세요! 여기 사람 패요!"

내가 소리치자 모텔 건물 창문이 하나둘 열렸다.

"신고 좀 해 주세요!"

둘이 당황해서 창문을 올려다보고 있는 사이, 가을이 잽싸게 손에서 파란 운동화를 낚아챘다.

"너네 뭐야!"

굵은 목소리가 창문 너머로 소리치자, 둘은 얼른 달아났다. 가을을 주차장 벽에 기대 앉혔다. 코피가 흘렀다.

"야, 괜찮아?"

"당연히 안 괜찮지, 피 나는데."

가을이 파란 운동화를 자랑스럽게 흔들었다.

"그래도 이거 지켰다."

기가 찼다.

"야, 운동화 따위가 뭐라고 이것 때문에…."

"이거 나도 사고 싶었던 거거든, 돈 없어서 못 샀지만. 너도 꼭 사고 싶어서 산 소중한 신발 아니야? 그래서 이 형님이 너의 소중한 파랑이를 지켜 준… 야, 야 뭐 해?"

나는 가을의 슬리퍼를 벗겼다. 밑창은 벌어졌고, 하얀 선은 누렇게 때가 탔다. 발등 부분도 찢어져 너덜거렸다. 파란 운동화를 신겨서 끈을 꽉 조였다. 나에게는 아무것도 아닌 이 운동화가, 있든지 없든지 큰 상관도 없는 운동화가, 가을에겐 얻어맞으면서도 코피가 터지면서도 지키고 싶은 소중한 신발이 될 수 있다. 그럼 이 신발의 주인은 내가 아니라 가을이어야 한다.

나는 가을을 일으켜 세워서 부축했다. 코피가 나는 것 빼고는 다 괜찮다고 했다. 하얀 운동화에 코피가 뚝뚝 떨어져 묻었다.

"나 주는 거야?"

"그래."

"그럼 이 형님이 너의 가출을 동행해 주겠다."

가출이라는 말에 다시 엄마가 만들어 낸 가짜 오담이 떠올랐다. 엄마의 오담은 가출도 안 하는 착한 아들이겠지. 진짜 오담은 가출해서 패싸움을 하고 있는데. 게다가 옷과 신발은 다 팔아 버렸고, 돈도 아주 많이 벌었고. 그러자 갑자기 어떤 용기가 생겼다. 엄마의 오답이라면 절대 할 수 없는 일. 진짜 오담만 할 수 있는 일.

"그럼 우리 여행 갈래?"

"어디로?"

"돈 많잖아!"

기차에 타자마자 가을은 잠에 곯아떨어졌다. 강릉까지는 두 시간, 도착하면 밤 열두 시다. 그다음은 어떻게 될까. 나는 잠이 오지 않아서 멍하니 차창 밖의 밤 풍경을 바라보았다. 만약 이 풍경을 찍어 엄마에게 보내면 엄마는 5dam 계정에 사진을 올릴까? 머리가 지끈거렸다.

엄마가 만들어 낸 나에 따르면, 아이디 5dam, 중앙고등학교 1학년, 꿈은 개발자였다가 시나리오 작가였다가 경찰이었다가 지금은 일단 수능을 잘 보기로 했고, 신상 운동화를 좋아하고, 여자 아이돌보다는 올드팝을 즐겨 듣고, 게임은 해외 인디게임을 즐기고, 색깔에 편견이 없어서 핑크색 티셔츠를 즐겨 입고, 어릴 때부터 사진 찍는 것을 좋아했고, 학교가 끝나고 영어학원에 가기 전에는 카페에서 숙제를 한다. 이건 결코 내가 아니다. 나와는 겹치는 점이 단 하나도 없다. 중앙고

1학년인 것만 빼고, 경찰이 되고 싶었던 적이나 올드팝을 즐겨 듣거나 핑크색 티셔츠를 좋아한 적이 단 한 번도 없다.

초등학교 때 일이다. "요즘은 젠더리스 패션이 대세야." 하고 엄마가 말해서 나는 "젠더리스가 뭐예요?" 하고 물었다. "그건 남자라고 꼭 파란색을 입어야 하는 게 아니라는 뜻이야." 하면서 엄마는 나에게 핑크색 티셔츠를 자주 입혔다. 학교에서는 아이들이 여자 옷을 입었다고 놀렸다. "이거 여자 옷 아니야!" 하고 아무리 소리를 질러도 아이들은 나를 따라다니면서 머리를 잡아당기기도 하고 연필로 등을 찌르기도 했다. "집에서는 치마 입고 있어?" 하고 누가 짓궂게 물어서 반 애들이 전부 와하하하! 하고 웃었다. 그때 내가 조금 더 말을 잘했다면, 남자는 파란색을 입고 여자는 핑크색을 입는 건 성별 고정관념이라고 말했다면, 그럼 왕따를 안 당했을까?

하지만 나는 그렇게 말하지 못했다. 왜냐면 나도 파란색을 입고 싶었기 때문이다. 핑크색이 싫었던 것이 아니라, 파란색을 입고 싶었다. 나는 파란색을 좋아한다. 그것은 내가 남자이기 때문이 아니다. 그냥 파란색이 좋은 것이다. 그냥. 엄마가 말하는 젠더리스라는 말은 성별에 따른 색깔이 없다는 뜻이 아니라, 남자는 파란색을 선택하면 안 된다는 것처럼 들린다. 하지만 나는 파란색이 좋다. 그건 누군가가 핑크색을 좋아하는 것과 같은 것이다.

중학교에 들어가고 나서 왕따를 당하는 일은 없었다. 교복을 입고 다니니 마음이 편했다.

유치원에 처음 갔던 날도 비슷한 일이 있었다. 입기 싫은 옷을 억지로 입어야 했다. 버석거리는 재질의 하얀 바지와 단추를 잠그는 셔츠에 넥타이까지 갖춰 입었다. 목까지 꽉 채운 단추가 답답했고 모자는 꺼끌거렸다. 모자를 벗으려고 하자 엄마가 내 손을 탁, 때렸다.

"오늘 유치원 첫날이라 이렇게 입기로 약속했지?"

바지가 허벅지에 쓸리는 기분이 싫어서 뒤뚱거리며 걸었다. 유치원에 도착하자 아이들은 전부 놀이터에서 놀고 있었다. 나도 달려가서 놀고 싶었지만 엄마는 손을 놔 주지 않았다. 우선 사진 찍고, 놀이옷으로 갈아입고 놀아야지. 옷이 더러워지잖아. 나는 엄마의 손을 뿌리치고 싶었지만 꾹 참고 사진에 찍혔다. 뒤에서 아이들은 미끄럼틀을 내려오고 계단을 올라가고 바닥에서

햇빛을 쬐는 고양이처럼 뒹굴었다. 엄마는 계속 사진을 찍었다. 그리고 이제 옷을 갈아입자, 하는데 선생님이 말했다. 이제 들어오세요, 오늘 놀이시간은 끝났어요, 그때 나는 태어나서 처음으로 마음이 쨍, 하고 깨지는 기분을 느꼈다. 지금도 그때를 생각하면 마음이 얼음처럼 차갑게 얼어붙는 것 같은 기분이 된다. 엄마는 오늘은 참고 내일 놀자, 하고 말했다.

또 다른 기억은 여름 바닷가다. 태어나서 처음 본 바다. 초등학교 저학년일 때였다. 바다에 뛰어들고 싶었지만 엄마는 모래놀이를 하라고 했다. 예쁜 돗자리와 모래놀이 장난감이 가득 쌓여 있었고, 예쁜 병에 주스도 있었다. 이 장면을 정확히 기억하는 것은 그 안에서 가만히 앉아 사진에 찍혀야 했기 때문이다. 모래놀이를 하려고 하면 엄마는 하는 척만 하라고 했다.

"가만히 들고 있어, 실제로 모래를 푸지 말고."

나는 아주 조금 모래를 들어서 가만히 기다렸다. 목이 말라서 주스를 마시려고 하자 엄마는 "먹는 거 아니야, 조금만 참아." 하고 병을 들고 있게 했다. 드디어 모래놀이를 해도 좋다고 허락하고 엄마는 신발을 닦았다. 이게 왜 안 지워져, 짜증 나게, 라고 중얼거리면서 내가 신고 온 하얀 슬리퍼를 물티슈로 박박 닦았다.

가을이 눈을 떴다.

"근데 너희 엄마가 그런 거 확실해?"

가을이 물었다.

"그럼 엄마밖에 더 있어? 실제로 그 사진을 찍고 전부 가지고 있는 건 엄마잖아."

"그런데 왜? 너희 엄마가 그럴 이유가 없잖아?"

"쇼핑몰 때문이라고 했어. 옷 잘 입는 이미지를 많이 올려놓는 게 홍보가 되는 거라고."

"하긴. 요새는 다 그런 거 보고 옷이랑 신발 사니까."

"아무리 쇼핑몰 때문이라고 해도, 나를 완전히 다른 사람으로 만들어 놨어. 너 내가 올드팝 듣는 거 본 적 있어?"

"아니, 네가 음악 얘기하는 거 자체를 못 들어봤는데?"

"그런데 모르는 사람이 보면 오담은 그런 애라고 생각할 거 아냐?"

"그래서 어떡할 건데?"

그때였다. 엄마에게서 카톡이 왔다.

〈엄마가 올린 사진 다 삭제해 줄 테니까 들어와. 신발하고 옷 다 가져오고.〉

인스타그램으로 다시 엄마 계정에 들어갔다. 엄마의 게시물이 하나, 둘 지워지고 있었다. 하지만 5dam은 여전히 그대로다. 메인 화면에 헤드폰을 쓴 나의 옆모습이 너무 낯설다. 가을도 뭘 찾는지 폰을 들여다보고 있다.

강릉역에 내리자 이미 밖은 캄캄했다. 가로등이 드문드문 있었지만 거리는 너무 조용하고 어두웠다. 우리는 맥도날드로 향했다. 이미 청소년 출입금지 시간이라 피시방도 찜질방도 갈 수 없었다. 푹 자고 일어나 개운한 표정으로 가을이 말했다.

"일출이 다섯 시 반이니까 네 시까지 버티면 돼."

먹고 싶은 메뉴를 전부 다 주문해서 쟁반이 묵직했다. 우리는 각각 햄버거 두 개와 감자튀김, 콜라, 밀크셰이크까지 먹어 치웠다. 한참 먹고 나니 졸음이 몰려왔다. 교대로 오십 분씩 자기로 하고 내가 먼저 테이블에 엎드려 눈을 감았다.

깨었을 때 가을은 이 층 창가 자리에 앉아 누군가와 통화하고 있었다. 조용히 다가갔지만 유리창에 비친 내 모습을 보고 가을은 황급히 전화를 끊었다.

"누구야? 여친이냐?"

"사실은….".

가을이 얼버무려서 나는 장난스럽게 핸드폰을 낚아 챘는데, 오담 어머니라고 적힌 통화목록이 보였다.

"우리 엄마한테 전화했어? 아니, 우리 엄마 번호를 어떻게 알아?"

매장에 있던 커플이 우리 쪽을 돌아봤다.

"화내지 말고 들어. 내가 인스타그램으로 너희 엄마한테 메시지 보냈거든. 담이랑 우리 집에 같이 있으니까 걱정 마시라고 했어."

나는 화가 가라앉지 않아서 숨을 거칠게 몰아쉬었다.

"너는 왜 엄마가 카톡 한 번 하고 전화는 안 하는지 생각 안 해 봤어? 부모라면 당연히 걱정할 거 아냐? 그래서 내가 안심시킨 거야."

가을이 한숨을 쉬며 말했다.

"알겠어."

가을의 말이 맞다. 엄마라면 이미 수십 통이나 전화가 왔을 텐데 한 통도 없는 것이 이상하긴 했다.

"근데 너희 어머니… 5dam 계정 모르던데?"

"뭐?"

"네가 뭣 때문에 화가 났냐고 해서 5dam 계정 보내

췄더니 엄청 놀라셨어. 그래서 지금 전화 온 거야. 이거 사칭 계정 같다고, 해결하고 다시 연락한다고 하셨어."

"엄마가 아니라고? 그럴 리가 없잖아, 그럼 누군데?"

"요즘 그런 거 많대. 남의 사진 저장해 놨다가 자기인 척하면서 올리는 거."

"도대체 왜 그런 짓을 하는 거야?"

"글쎄…."

우리는 이 층 창가에 앉아 조용한 거리를 내려다보았다. 멀리서 오토바이가 굉음을 내면서 지나갔다. 까만 고양이 한 마리가 쓰레기봉투를 뒤졌다. 바람이 휙 지날 때마다 가로수 이파리가 흔들렸다.

"그런데 있잖아. 나는 이해가 되기도 해."

"뭐가? 미친놈이?"

"미친 놈인지 년인지 알 수 없지만 말이야, 가끔 나도 그런 사람이 되어 보고 싶다고 생각한 적이 있거든. 엄마가 새 신발 사 주고 예쁜 배경에서 사진 찍고 그런 사람 말이야. 너처럼."

가을의 말이 이상하게 들린다. 가을이 나처럼 되고 싶었다니, 상상도 못 해 본 말이었다. 가장 친한 친구라면서.

"나는 중학교 때 이후로 내 신발을 새걸로 사 본 적이 없어. 우리 집이 코로나 때 망했거든. 그래서 나는 형이 물려주는 신발을 신거나, 아까처럼 중고 거래로 사고 싶은 신발을 싸게 샀어. 하는 법은 형이 다 알려 줬고."

한 번도 본 적 없는 표정으로 가을이 말했다. 얼굴을 똑바로 바라볼 수가 없어서 유리창에 비친 가을을 바라봤다.

"우리 집 얘기 처음 하는 거야. 창피하잖아."

"그런데 너는 여행 온 거 엄마한테 얘기 안 해도 괜찮아?"

"사실… 아빠하고 형하고 셋이 살아. 둘 다 새벽에 배송하는 일을 해서 밤에는 집에 아무도 없어. 아침에 학교 갈 시간 지나서야 들어오니까 들킬 일 없어."

가을은 항상 내 얘기를 들어줬고, 필요할 때는 항상 옆에 있어 주었다. 나는 어렴풋이 가을은 아무 걱정도 없고 평범한 가정에서 자란 아이라고 생각했다. 나와는 다르게 그저 행복한 아이라고 생각했다. 하지만 내가 알고 있는 것과는 전혀 달랐다.

"그래도 괜찮아. 형하고는 옛날에 자주 싸웠는데 요새는 정신 차려서 나한테 잘해 주거든. 돈 모아서 새 신발도 사 주기로 약속했다니까."

나는 갑자기 내 신발이 창피해졌다. 날마다 새 신발을 신고 와서 틈날 때마다 물티슈로 닦는 날 보면서 가을은 무슨 생각을 했을까. 내가 아무런 애정도 없이 신발과 옷 들을 팔아 버렸을 때 가을은 무슨 생각이 들었을까.

"형이 있는지 몰랐어."

"형하고 많이 싸운 덕분에 아까도 내가 이겼잖아!"

"이겼다고?"

쿡, 웃음이 터졌다.

"과연 그걸 이겼다고 말할 수 있는 싸움이었을까?"

내 말에 가을도 깔깔 웃었다.

"형님이 이겼다면 이긴 거지, 짜식이."

가을이 내 머리를 헝클었다.

"그래도 나는 그런 짓 안 한다. 새 신발 신고 사진 찍고 싶어도 가짜로 그런 척은 안 한다고."

"말하자면 인터넷 속에서 가짜로 살아가는 거네? 중앙고 1학년 오담으로."

소름이 돋아서 얼굴과 목덜미를 손으로 비볐다.

"그래도 신고하면 해결할 수 있다니까 걱정 마."

세상에 또 다른 오담이 거리를 돌아다니고 있다. 누구일까. 나처럼 고등학생일까. 아니면 나이가 많은 사람일까. 여자일까 남자일까. 그 사람은 왜 나로 살아가고 싶었을까. 내 신발과 옷이 좋았을까. 아니면 내 얼굴이 마음에 들었을까. 왜 그 사람은 자신으로 살아가지 못했을까. 한참이나 유리창에 비친 내 얼굴을 들여다보았다.

바다까지 가는 길은 맥도날드에서 직진으로 가면 된다고 지도에서 확인했는데, 어디서 길을 잘못 들었는지 모르겠다. 한참을 걸었지만 바다는커녕 소금 냄새도 안 났다. 한적한 주택가 골목을 이리저리 떠돌았다. 고양이 한 마리가 감나무 위로 후다닥 뛰어 올라갔다.

"고냉아, 내려와."

할머니 한 분이 감나무를 올려다보며 고양이에게 말을 걸고 있었다.

"할머니, 죄송한데요."

"누구지?"

할머니는 우리를 찬찬히 훑어보았다.

"바다 쪽으로 가려면 어디로 가요?"

"바다를 간다고? 이 새벽부터? 아직 다섯 시구만."

할머니는 감나무에서 고양이를 잡아 내렸다. 나이가 백 살인데 이렇게 나무를 잘 탄다니까, 하면서 고양이를 집 안으로 들여보내고, 할머니는 앞장서서 걸었다.

"해 뜨는 거 보러 왔소?"

"네."

"해 뜰 때 꼭 소원 빌어. 여가 기도발이 좋아."

아까는 어두워서 잘 보이지 않았는데 주위가 조금씩 밝아지자 할머니가 입은 옷이 보였다. 노란색 양말이 드러나는 멜빵 바지에 빨간색 구두 차림이었다. 오래된 것 같았지만 잘 관리되어 보였다. 길이 잘 들었는지 할머니는 편하게 걸었다.

"할머니 신발이 멋져요."

내가 말하자 할머니가 돌아보며 약간은 근엄한 표정을 지었다.

"소중한 신발은 좋은 데로 데리다주거든. 아무리 험한 길도 같이 가 주는 좋은 친구 같은 거야."

나는 내 운동화를 내려봤다.

"여를 넘어가무는 천이 나와, 그 길 따라서 쭉 끝까지 가믄 바다야."

할머니가 손짓하는 대로 계단을 올라가자 작은 횡단

보도가 나오고 그 아래로 개천이 나왔다. 하얀 새들이 날개를 펴고 날고 있었다.

얼마나 걸었을까. 한참을 갔다. 주위가 점점 밝아졌다. 벌써 해가 뜨면 안 되는데, 소원 빌어야 하는데, 하고 말하자 가을이 달리기 시작했다. "일출까지 십 분 전!" 하며 우리는 달렸다. 가을의 파란 운동화와 나의 하얀 운동화가 나란히 달렸다. 그렇게 우리는 바다에 도착한 것이다.

"앞으로 제 사진은 제가 찍고 싶을 때만 찍을 거예요. SNS에 올리는 것도 저한테 먼저 물어보고 올리세요."

"아니야. 다시는 안 올릴 거야. 다 지웠어."

엄마가 세차게 고개를 흔들면서 폰 화면을 보여 주었다. 이제 엄마의 계정에는 내 사진이 하나도 없다. 엄마가 좋아하는 카페와 거리 풍경만 남았다.

"이런 일이 생기고 나니까 엄마도 무서웠어. 얼굴하고 이름까지 전부 다 알고 있다는 게 정말 믿기지 않더라. 엄마가 무신경했어."

"그런데 그 사람은 나를 어떻게 안 거예요?"

"내가 올린 사진에 네 이름표랑 학교 이름이랑 다 나

와 있어서 그걸 보고 안 것 같아. 아파트 이름도 다 나와 있고."

"잡을 수 있대요?"

"그 사람이 사칭 계정으로 돈벌이에 이용했거나 네 명예를 훼손했거나 아니면 성적인 용도로 사용했다면 고소가 가능한데, 그게 아니고 그냥 너인 척만 한 거라서 애매하다고 하더라. 지워지는 것밖에 안 된다고 하던데."

엄마가 죄를 지은 것 같은 표정을 지었다. 나는 엄마가 이런 얼굴을 하는 게 싫다.

"집 나가서 죄송해요. 잘못했어요."

"엄마도 미안해. 너도 좋아하는 줄 알았어. 그래서 새 옷, 새 신발, 항상 유행하는 걸로 뒤처지지 않게 챙겨 주고 싶었어. 그런데 너한테 중요한 건 그게 아니었던 거지? 넌 네가 원하는 것과 싫은 걸 스스로 선택할 수 있어야 했는데, 엄마가 욕심에 그렇게 하도록 두지 못했던 거지? 엄마가 미안해. 잘못했어."

사실 나는 알고 있다. 엄마는 나를 자랑하고 싶어서, 나를 예쁘게 꾸며 주고 싶어서, 세상에서 전혀 부족한 것 없는 아이로 키우고 싶어서 그랬다는 걸 안다. 엄마는 홀로 나를 키웠다. 다른 아이들과 비교될까 봐 항상 나에게는 최고로 좋은 것을 해 주고 싶었다는 걸 나는 너무 잘 알고 있다. 쇼핑몰 일로 바빠서 잠을 잘 시간도 없으면서 항상 내가 먹을 것과 입는 것을 챙겨 주었다. 밤새 컴퓨터 앞에 앉아 일을 하면서도 한 번도 힘든 내색이 없었다. 엄마는 두 명 치를 다 해낼 수 있는 사람이니까, 라고 했다. 엄마에게 SNS는 내가 이렇게 잘 살아간다고 말하는 통로가 아니었을까? 세상에 대고 나와 나의 아들은 이렇게 멋지고 씩씩하게 잘 살아간다고 외치고 싶었던 거 아닐까? 그러나 그 외침이 지나치면, 그것은 누군가에겐 질투를 불러일으킬 수도 있고 갖고 싶은 것을 갖지 못하는 박탈감을 줄 수도 있고 범죄에 악용될 수도 있다. 그럼 우린 어떤 말을 남겨야 할까. 정말로 엄마와 나의 이야기는 어떤 걸까?

그 사진이 떠올랐다. 엄마의 페이스북에서 발견한 그 사진은 지우고 싶지 않다.

"엄마, 그 사진은 지우지 말자."

"무슨 사진?"

"엄마 남장하고 학교 온 날. 수염 붙이고 왔을 때."

"그거?"

엄마는 폰을 뒤져 그날의 사진을 찾아냈다. 아빠의 날이라는 현수막 아래 엄마는 콧수염을 진하게 붙이고, 청바지를 배까지 올려 입고, 까만 남성 구두를 신고 있다. "아빠의 날이면 나는 어떡해?" 하고 내가 묻자 엄마는 그때도 똑같이 말했다. "엄마는 두 명 치를 다 해낼 수 있어, 기다려 봐!" 그러곤 최대한 남자처럼 보이는 분장을 하고 유치원을 함께 갔다.

"다시 봐도 너무 웃겨!"

내가 배를 잡고 깔깔 웃자 엄마도 웃었다. 나는 엄마가 웃는 게 좋다.

"이건 지우지 말고 그냥 놔둬도 돼."

"정말?"

"응. 이건 내가 허락할게."

엄마는 기쁜 얼굴로 고개를 끄덕였다.

엄마는 옷하고 신발이 없으니 새로 사러 가자고 했지만, 나는 남은 돈으로 내가 직접 사고 싶은 옷을 사겠다고 말했다. 돈은 아직 넉넉하게 남아 있다. 그동안은 엄마가 골라 주고 사 주는 대로 옷을 입고 신발을 신었지만, 이제는 내가 좋아하는 것으로 내 취향대로 사고 싶다. 내 취향이 뭔지 아직은 모르겠지만.

가을이 자주 간다는 구제 시장에 같이 갔다. 산더미처럼 쌓인 옷 사이에서 우리는 이것저것 옷을 꺼내 펼쳐 보았다. 가을은 좋아하는 옷 취향이 확실했다. 색깔은 선명한 색을 좋아했다. 밝은 파랑, 짙은 나무색, 아니면 아예 하얀색. 재질은 니트나 면바지처럼 편안한 것을 골랐다. 나도 내가 좋아하는 스타일을 찾아내려고 열심히 옷더미를 뒤졌다. 그리고 아주 마음에 드는 옷을 찾아냈다.

"정말 그걸 입겠다고?"

가을이 눈을 휘둥그레 떴다. 화려한 그라피티로 그려진 호랑이 얼굴 주변으로, 읽을 수 없는 영어 알파벳이 잔뜩 겹쳐 있는 티셔츠다. 가을은 보기만 해도 어지럽다면서 고개를 세차게 흔들었다. 하지만 나는 꿋꿋이 말했다.

"응, 이게 내가 좋아하는 거야."

가을이 만들어 준 내 계정에는 아직 아무것도 없다. 당장이라도 지워 버리고 싶지만, 아직 5dam 계정이 지워지지 않고 남아 있다. 엄마가 더 이상 사진을 올리지 않으니 새 게시물은 올라오지 않는다. 신고를 한다고 바로 지워지는 것은 아닌가 보다. 가짜 오답이 남아 있는 한, 진짜 내 계정을 남겨 두어야 할 것 같다. 나라는 사람이 여기 있다는 것을, 저 오답은 가짜고 내가 진짜임을 보여 줄 때가 올 것만 같다. 그때 나는 저 화면에 무엇을 채우게 될까.

그리고 의외로 그때는 금방 찾아왔다. 복도에서 살짝 부딪힌 애가 내 얼굴을 보더니 갑자기 몰아세우면서 말했다.

"야, 사기 치고 다닐 거면, 얼굴은 좀 가리고 다녀라."

"무슨 말이야?"

"미친 새끼."

"야, 미친 새끼?"

"지난주에 돈 보내 줬잖아, 사기 친 것도 기억 안 나냐?"

"네가 언제? 너 누군데?"

"삼십만 원이 없어서 그러고 사니? 정말 불쌍하다."

얼굴도 모르는 애다. 나하고 인스타그램 친구라고 하면서, 나한테 돈을 빌려줬단다. 미친 새끼라느니, 사기를 쳤다느니 처음 보는 사람에게 욕을 들어서 어처구니가 없었다. 너무 화가 났지만 그 애한테 화를 내는 건 틀린 답 같다. 진짜 화를 내야 할 사람은 따로 있다.

나는 핸드폰을 열어 계정을 찾았다. 5dam. 떨리는 손으로 메시지를 보냈다.

〈너 누구야. 넌 가짜야. 내가 진짜 오담이야.〉

"초등학교 때 핑크색 옷을 입고 학교에 간 적이 있는데, 아이들이 여자 옷을 입었다고 놀렸고 왕따를 당했습니다. 핑크색 옷은 엄마가 골라 주어서 억지로 입었던 것인데, 내가 입고 싶은 옷을 직접 사 보니 언젠가 옷을 만들어 입고 싶어졌습니다. 그래서 패션디자이너가 되고 싶습니다."

2학년이 되고 자기소개를 하는 시간이었다. 마지막 말은 즉흥적으로 튀어나왔다. 고2라면 누구나 꿈 하나 정도는 있는 것이 당연한 것 같지만, 어쩌면 나처럼 즉흥적으로 정하는 꿈도 꽤 많을 것이다. 그리고 어쩌면 그것이 진심이 될 수도 있다.

미술 첫 시간에 미술 선생님은 "종이에만 그림을 그릴 수 있는 게 아니다, 우리는 그림을 그리는 방법을 배우는 것이 아니라 예술적으로 상상하는 법을 배울 것"이라고 말했다. 솔직히 무슨 말인지 하나도 이해가 안 됐다. 바닥을 내려다보고 있는데, 하얀 운동화에 남은 붉은 얼룩이 보였다. 한쪽은 케첩이고 한쪽은 코피다. 이미 시간이 오래 지나서 빨아도 지워지지 않는다. 하지만 신발을 볼 때마다 가을과 갔던 바다가 떠올라서 그때부터는 이 신발만 신는다. 고양이 할머니가 말한 것처럼, 좋은 신발과 좋은 친구는 어떤 험한 길도 함께 간다. 세상에 같은 브랜드의 같은 신발을 신은 사람은 많을 테지만, 나에게는 이 세상 어떤 것과도 바꿀 수 없는 신발이다.

나는 아크릴 물감을 짜서 붓에 듬뿍 묻혔다. 신발을 벗어 책상에 올리고 붉은색 얼룩 주변으로 바다색과 모래색을 칠했다. 그날 아침 우리가 보았던 일출 그대로. 핸드폰을 꺼냈다. 내 계정의 첫 사진이 될 것이다.

할머니의 옷장

엄마가 돌아왔다. 할머니의 옷장과 늙은 고양이와 함께.

"이 많은 옷을 다 버릴 수는 없잖아."

어찌 된 영문인지 알 수 없는 아빠와 나에게 엄마는 차분하지만 단호한 목소리로 말했다. 이모들도 말릴 수 없었다는 듯이 어깨를 으쓱였다. 그렇게 해서 (큰이모 말로는 옛날 집 한 채 값인) 할머니의 옷장이 우리 집 거실과 안방과 내 방에 세 칸으로 나뉘어 놓이게 되었다. 소나무 위에 학이 한 마리, 산과 구름 사이에 학이 두 마리 반짝이는 자개 옷장이.

"이런 자개장롱은 우리나라에 이제 백 개도 없을 거야." 하는 말은 작은이모가 덧붙였다.

늙은 고양이는 할머니가 요양병원으로 들어가신 뒤에도 혼자 꿋꿋이 집을 지켰는데, 이제는 정말 돌아올 사람이 아무도 없다는 걸 아는지 순순히 이동장에 들어가 이삿짐 차 조수석에 실려 왔다.

"옆집 아주머이 말로는 밥 주려고 들어가면 항상 문 앞에 있다더라. 그러고는 자기 엄마 아니라고 휙 들어가 버리더란다."

큰이모가 말하며 웅크려 앉은 고양이의 머리를 쓰다듬자 주먹을 꼭 쥔 앞발로 힘없이 허공을 갈랐다. 어떤 것도 상처 낼 수 없을 것 같은 주먹이었다.

일 년 전이었다.

"아주머이가 치마를 입고 씨뻘건 구두를 신고 골목을 싸돌아 댕긴다니요, 퍼뜩 내려와 봐요."

옆집 할머니 전화를 받고 엄마는 혼잣말로 "엄마한테 빨간 구두가 있었나?" 하고 중얼거렸다.

"할머니가 빨간 구두를 신었다고?"

나는 왠지 할머니가 빨간 구두를 신고 또각또각 골목

을 걸어가는 모습이 무척 잘 어울릴 것 같다고 생각했다.

"치마도 입었대."

엄마가 작은이모 전화번호를 누르며 대답했다.

"할머니 엄청 귀여울 것 같은데."

내가 말하자 엄마는 심각한 얼굴로 손을 내저으며 전화기 너머 작은이모에게 상황을 설명했다.

"추석에도 좀 이상했잖아, 갑자기 감나무를 베어 버리겠다고 하질 않나. … 그래, 응, 그럼 화요일에 가자. 예린이는 못 가지, 학교 가야 하니까. 고1이 어딜 가. 시험 얼마 안 남았는데."

내 의견은 묻지도 않고 말이다.

"근데 언니, 엄마한테 빨간 구두가 있었나?"

엄마가 묻자 전화기 너머로 작은이모 목소리가 들려왔다.

"우리 집에 빨간 구두 신은 사람은 나밖에 없었어. 시집오면서 두고 온 거."

"그게 여태 있었다고?"

"그것뿐이니? 그 장롱 안에 우리 배내옷까지 다 들어 있을걸."

엄마는 고개를 절레절레 저으며 전화를 끊었다.

엄마와 작은이모가 강릉 할머니 집에 도착했을 때 할머니는 옆집 할머니의 다급한 전화처럼 이상한 눈치는 없었다고 한다, 낮까지는. 하지만 밤이 되자 무언가를 찾기 시작했다고 한다.

"그 옷이 우데로 갔지?"

"무슨 옷?"

"어제 양장점에서 찾아온 옷, 체크무늬 들어간 정장."

그러면서 부엌 찬장에서 꺼내 온 작은 열쇠로 옷장 문을 달그락 열었을 때 엄마와 작은이모의 눈 앞에 펼쳐진 옷장 속은 말 그대로 박물관 같았다고 한다. 할머니가 평생 입어 온 옷들과 세 딸이 더 이상 입지 않는 옷과 신발과 모자와 가방이, 마치 어느 영화배우의 옷방처럼 계절별, 색깔별로 빼곡히 걸려 있었다고.

할머니는 날마다 찾는 옷이 달랐고, 옷을 찾으면 다시 옷장을 꼭 잠그고 열쇠를 부엌 찬장에 숨긴 후, 그날 고른 옷을 입고 잠들었으며, 아침에는 그 옷 그대로 구두까지 신고 동네를 한 바퀴 돌았다. 단지 그것뿐이었다. 그 외에는 크게 달라진 점도 없었다. 집안은 여전히 먼지 한 톨 없이 깨끗했고, 집 앞 골목에는 나뭇잎 한 장 떨어져 있지 않았고, 늙은 고양이마저 눈곱 자국도 없었단다.

하지만 밤마다 할머니 방에서 벌어지는 패션쇼는 멈추지 않았다고 한다. 종류도 다양하게, "우리 첫째 딸이 잘 입는 바지인데 한 짝에 다리가 두 개는 들어가는 바지가 있싸, 오늘은 그걸 입을 기야." 혹은 "둘째가 뭐이 씻노란 병아리 같은 코트를 사 왔거든, 몇 번 입고 안 입더라고. 그렇게 화려한 색깔은 질려서 매련도 읎다니." 또는 "다 째져서 내가 꿰매 놓은 청바지가 있는데 그것 좀 찾아 좌, 그것 때문에 막내랑 대우 싸웠다니." 했다고 한다. 그때만큼은 엄마도, 작은이모도 알아보지 못했다.

할머니를 혼자 둘 수 없어서 엄마와 이모들이 번갈아 가며 돌보기로 했다. 큰이모는 가게를 하고 작은이모는 직장을 다녀서 주말을 맡기로 했다. 엄마는 마침 이직을 위해 회사를 잠시 그만둔 상태여서 주중에는 거의 강릉에서 지내기 시작했다. 집에 남은 아빠와 나의 저녁 식탁은 자연스럽게 배달 음식으로 차려졌고, 평소에 먹지 못했던 다양한 배달 음식을 하루에 몇 종류씩, 더불어 후식까지 시켜 먹었다. 엄마는 플라스틱 쓰레기도 너무 많이 나오고 (이건 직접 치워 보니 나도 공감한다), 배달료도 비싸고 (이 부분은 배달업 종사자를 생각하면 공감할 수 없다), 너무 달거나 짜거나 느끼하다며 (아빠와 나는 극대화된 맛이라고 표현한다) 배달 음식을 자주 시켜 주지 않았다. 대신 건강한 재료로 손수 음식을 만들어 주었다. 엄마가 자리를 비우고 딱 반년 만에 정확히 오 킬로그램이 쪘으며, 옷장에는 더 이상 맞는 바지가 없어 어쩔 수 없이 하루 내내 교복 아니면 체육복을 입고 지냈다.

강릉에서 일주일 만에 돌아온 엄마가 말했다.

"예린이도 다음 달에 겨울 방학하면 할머니 집에 같이 가자."

엄마는 잠시 머뭇거리다가 말을 덧붙였다.

"그런데 할머니가 조금 이상하게 보여도 놀라지 말고."

"어떻게 이상한데?"

"음. 아니, 사실 하나도 이상하지 않아. 그저 옷에 관심이 커졌을 뿐이야."

"빨간 구두를 신는 거 말이야?"

"빨간 구두뿐이니, 날마다 패션쇼야."

"할머니 옷이 그렇게 많아?"

"엄마랑 이모들이 옛날에 입었던 거."

"재밌겠다."

할머니의 패션쇼가 기다려졌다. 할머니 집에 같이 사는 늙은 할매 고양이도 좋고, 바다까지 뛰어갈 수 있는 것도 좋다. 바다에 가면 멋진 카페가 많아서 공부한다는 핑계로 비싼 음료도 마실 수 있다. 할머니는 강릉엔 맛집이 많으니까, 하면서 날마다 외식을 하게 해 준다. 이보다 더 멋진 할머니가 어디 있겠나, 게다가 패션쇼까지 연다는데.

"엄마, 나 그럼 옷 사야 하는데, 강릉까지 교복 입고 갈 수는 없잖아."

작아져 버린 내 옷들이 떠올랐는지 엄마는 군말 없이 지갑에서 오만 원짜리 두 장을 꺼내 주었다.

"같이 가 주면 좋은데, 엄마는 내일 또 강릉 내려가야 하니까. 인터넷으로 사지 말고, 가격 너무 싼 거 사지 말고, 딱 바지 하나 티셔츠 한두 개쯤 사. 신발은 나중에 엄마랑 가서 신어 보고 사고."

나는 얼른 교복 주머니에 돈을 넣었다.

같은 반 애들 가운데는 비싼 운동화를 신는 애도 있고, 비싼 가방을 메고 다니는 애들도 있지만, 나는 그런 것은 별로 관심이 없어서 잘 모른다. 그저 들리는 말로

저 운동화가 얼마래, 하길래 비싼 것인지 알았다. 아이돌이 입는 명품 옷을 사고 싶다고 친구들이 말해도 나는 잘 모르겠다. 엄마도 아빠도 크게 옷에 관심이 없는지 날마다 입는 비슷한 옷만 입고 다닌다. 우리 집은 패션에 대해서는 전혀 관심이 없는 집안인 것이다.

내가 가진 돈으로 내가 입을 옷을 선택해야 하는 상황이 오자, 이건 거의 모르는 나라에 혼자 떨어진 것과 같은 기분이다. 답안지에 객관식 보기가 백 개쯤 되는, 그 안에서 십만 원짜리 정답을 찾아야 하는. 나는 무슨 스타일을 입어야 하는지, 내가 어떤 옷을 좋아하는지도 모르겠다. 그도 그럴 것이 평일에는 교복과 체육복을 번갈아 입으면 되고, 집에 오면 바로 잠옷으로 갈아입으면 된다. 주말에 친구들을 만날 때나 외출할 때는 티셔츠에 청바지면 충분했다.

나는 결국 유정에게 도움을 요청했다.

"학원 가기 전에 나랑 옷 사러 갈래?"

유정은 중학교 때 같은 반이었고 고등학교에서는 다른 반이 되었지만 같은 학원에 다니는 친구다.

"나 진짜 뭘 사야 하는지 모르겠어. 너는 옷 잘 입잖아."

"진짜? 고마워."

유정은 패션, 화장, 헤어스타일 같은 것에 관심이 많은 친구다. 학원에 올 때도 교복을 입고 온 적이 한 번도 없다. 날마다 머리부터 발끝까지 예쁘게 꾸미고 다닌다.

"나 진짜 살쪄서 입을 게 하나도 없거든."

"살쪘다고? 아닌데?"

유정이 장난스럽게 나를 뱅그르르 돌렸다.

"그럼 이따 학원수업 전에 가는 거다? 엄마가 요새 집에 잘 없어서 같이 갈 사람이 없거든, 진짜 고마워!"

유정이 데려간 옷 가게에는 너무 많은 옷이 있었다. 스타일도, 색깔도, 무늬도 다 달랐다. 바지라고 해도 같은 바지가 아니라 통이 넓은 것, 딱 붙는 것, 접어 입는 것, 청바지, 면바지, 리넨바지 등이 있었고, 티셔츠도 주름이 잡힌 소매가 달린 것, 브이 자로 파진 것, 둥근 것, 색깔도 선명한 것, 연한 것, 무채색, 세상의 모든 색을 다 모아 놓은 것 같았다.

뭘 골라야 할지 몰라 눈을 휘둥그렇게 뜨고 서 있는데 유정이 일단 마음에 드는 건 전부 모아 오라고 했다. 그 가운데 유정이 골라 주는 대로 조금 큰 티셔츠와 ("오버핏으로 입는 게 예쁜 스타일이야") A라인 스커트 ("이런 기장은 소화하기 힘든데, 너 다리가 예뻐서 잘 어울린다!")
발목 위로 올라오는 연두색 바지에 ("비비드 컬러가 하나
쯤은 있어야지") 하얀색 티셔츠와 ("네 얼굴형에는 브이넥
이 딱 어울려") 그밖에 몇 가지를 더 샀다. 유정이 잘 골
라 준 덕분에 엄마가 준 돈 십만 원에 옷을 여섯 벌이나
살 수 있었다.

　하지만 나는 결국 할머니의 패션쇼를 볼 수 없었다.
할머니는 겨울 방학이 시작될 무렵 요양병원으로 가셨
다. 여느 때처럼 가장 예쁜 옷을 입고 아침 산책을 나가
던 길에 쓰러지셨다. 그 뒤로는 손을 쓸 수 없을 정도로
갑자기 증세가 나빠졌다. 처음 할머니가 아프다는 연락
을 받은 지 일 년도 채 되지 않았다.
　요양병원에서 할머니는 가장 얌전한 할머니였다고
한다. 다른 환자들처럼 울거나 소리 지르지 않고, 밥도
잘 먹고, 잠도 잘 주무셨다. 다만 엄마에게 며칠에 한 번
씩 전화를 걸어 옷을 가져다 달라고 했다. 엄마는 서울
에서 강릉 할머니 집으로 가서 고양이 밥을 주고, 옷장
을 뒤져 겨울 목도리와 환자복 위에 걸쳐 입을 스웨터
들과 할머니가 얘기한 신발들을 챙겨서 병원으로 갔다.

할머니는 간호사마다 고양이 사진을 보여 주면서 자랑하고 있었다고 한다. 멀리서 다른 할머니가 "날 여기 갖다 버렸어, 내가 어떻게 키웠는데!" 하고 소리를 지르면 할머니는 목도리 가운데 하나를 챙겨서 따뜻하게 매어 주었다고 간호사에게 전해 들었다. "언니, 이거 예쁜 거 하라고 주고 갔대." 그러면 울고 있던 할머니들이 울음을 그쳤다고.

할머니는 점점 기력이 쇠해서 뼈만 앙상하게 남았다고 한다. 그런데도 할머니는 머리를 빗겨 달라고 해서 곱게 묶고, 더 이상 걷지 못해도 꼭 구두를 신겨 달라고 했다. 엄마는 할머니가 너무 작아져서 금방이라도 부서질 것 같다고 했다. 코로나 때문에 방문객이 최소한으로 제한되어서 나까지 면회를 갈 수 없다고 했고, 나는 차라리 다행이라고 생각했다. 할머니를 만난다는 것은 죽음을 만나러 가는 것 같아서 두려웠기 때문이다. 내가 아는 사람이 죽은 적은 한 번도 없다. 나는 그것이 어떤 것인지 알 수 없어서 밤하늘의 우주 끝으로 점점 멀어지는 우주선을 생각하고, 아무것도 없는 텅 빈 하얀 곳을 상상해 보고, 혹은 환생해서 다시 태어나는 영화의 주인공이 되는 이야기를 떠올려 보기도 했다. 하지만 결국 나는 죽음을 명확하게 정의 내리지 못했다. 그냥 언제나처럼 할머니가 할머니 집에 고양이와 함께 있는 그 모습으로 되돌아갈 뿐이었다.

할머니는 양 갈래로 곱게 머리를 묶고, 빨간 구두를 신고, 여행을 앞둔 소녀처럼 들뜬 표정으로 잠들었다고 한다.

친척 어른들은 하나같이 입을 모아 '호상'이라고 말했다. 더욱 고약해질 수도 있는 병인데, 많이 고생 안 하고 마음에 상처받지 않고 끝난 것이 다행이라고 했다. 그런 말을 들을 때마다 나는 잘 이해가 되지 않았다. 좋은 죽음이라는 게 정말 있는 걸까? 나는 아무리 병이 들고 아파도 살아 있는 할머니를 한 번 더 만나고 싶다. 엄마는 오랜만에 민난 친척 어른들과 반갑게 인사하고 이야기를 나눴다. 이모들도 마찬가지였다. 정말 할머니의 죽음은 좋은 죽음인 걸까? 아프리카의 어느 나라에서는 사람이 죽으면 신나는 노래를 부르면서 춤을 추는 장례를 치른다고 하는데, 큰이모가 다니는 교회에서 온 사람들은 조용한 노래만 밤새 불렀다. 그래서인지 아무도 크게 소리 내어 울지 않고 손수건으로 눈가를 찍어

낼 뿐이었다.

장례식이 끝나고 엄마와 이모들은 며칠 더 강릉집에 머물렀다. 짐 정리도 해야 하고, 집을 처분하는 문제도 있고, 늙은 고양이도 홀로 있기 때문이다. 할머니가 워낙 깨끗한 걸 좋아하는 성격이라 짐 정리는 금방 끝났다고 한다. 가전제품은 주변 이웃에 나누어 주거나 무상 수거 서비스를 불러 버리고, 잡동사니 물건들은 고물상에 팔았다. 마지막으로 남은 것이 바로 옷장이었다. 추모 공원에서는 열 벌까지만 태울 수 있다고 해서 평소에 잘 입으시던 옷들 위주로 태웠지만 옷장에는 여전히 옷이 빽빽하게 차 있었고, 이모들과 엄마의 옷도 많이 섞여 있었다. 큰이모는 이 많은 옷을 다 가져갈 수 없다면서 말렸지만, 엄마는 차분하고 단호하게 집으로 가져가겠다고 우겼다.

그렇게 옷장과 늙은 고양이의 이사로 할머니의 장례식이 끝났다.

이모들은 옷장과 고양이를 옮겨 주고 떠나면서 내게 엄마를 잘 돌봐 주라고 말했지만, 그렇게 말하는 이모들의 얼굴도 말이 아니었다. 큰이모는 염색을 못 해서 할머니처럼 앞머리가 다 하얘졌고, 작은이모는 안 그래도 마른 몸매가 더 가늘어졌다. 나는 이모들도 너무 슬퍼하지 말아요, 라고 말하려다가 관두었다. 이모들도 엄마를 잃은 것이니까, 아무리 슬퍼하지 말라고 말해도 슬프지 않을 수 없을 테니까. 엄마는 집으로 돌아온 이후로 말을 하지 않았다. 며칠이 지나도 단 한 마디도 하지 않았고, 침대 밖으로 나오지 않았다.

늙은 고양이는 자리를 잡지 못하고 소파로, 현관으로, 내 방으로 옮겨 다니며 누울 자리를 찾았다. 고양이도 엄마처럼 말을 안 했다. 가끔은 살아 있는 게 맞나 싶어서 흔들어 깨웠다. 그러면 고양이는 아주 천천히 눈을 떴다가 감았다.

나도 중3 때 일 년 동안 말을 안 했다. 그래서 말을 하지 않는 게 얼마나 답답한지 안다. 아니, 사실은 말을 못했다. 말을 하고 싶은데 할 수가 없었다. 말을 하면 그 말에서 가시가 생겨 저절로 자라나는 것 같았다. 말 속에서 짜증과 화가 스스로 싹을 틔워서 가시가 되어 버리는 느낌이었다. 가족들에게도 친구들에게도 화만 났다. 그래서 말을 하지 않기로 결심했다. 엄마한테 필요한 건 카톡으로 말하면 됐다. 친구들하고도 카톡으로만 대화했다. 줌 수업 때는 마이크가 없는 컴퓨터라서 발표를 못 한다고 했고, 학교에 가서도 최대한 눈에 띄지 않으려고 노력했다. 엄마는 나의 감정이 자라는 중인데, 지금은 화와 짜증이 자라는 시기라서 그렇다고 했다.

엄마도 그때의 나처럼 말에서 가시가 튀어나올까 봐 말을 안 하는 걸까? 엄마는 무엇이 두려워서 입을 닫고 있는 걸까.

그렇게 한 달이 더 지나고, 그 일이 벌어졌다.

내가 한 것이라곤 옷장 문을 열어 본 것뿐이었다.

체중은 일 년 새 오 킬로그램에서 더 늘었겠지만 재보지 않았고, 교복은 터지기 직전이어서 학교 사이트에 중고 교복 물려 입기를 신청했다. 체육복은 두 사이즈나 큰 걸 샀던 터라 이제 딱 맞게 되었다. 교복과 체육복만 돌려 입다 보니 다시 사춘기가 시작될 것 같은 기분이 들었다. 유정과 함께 산 옷들은 이상하게도 별로 손이 가지 않았다. 옷 가게에서 입었을 땐 예뻐 보였는데, 집에 돌아와서 다시 입으니 별로였다. 옷을 사러 가자고 말하기엔 엄마는 아직도 침대에서 일어나지 못했다. 그래서 살짝 열어 본 것뿐이다. 할머니의 옷장을. 나에게 맞는 옷이 하나쯤은 있겠지, 그것뿐이었다.

"냐아아옹--"

할머니의 옷장을 열자마자 늙은 고양이가 달려왔다. 날카롭게 울면서, 뒷다리를 절룩거리면서 달려왔다. 왼쪽 다리가 아파 살짝 절룩거리던 할머니와 똑같았다. 고양이는 반쯤 열린 옷장 문 앞에서 울었다. 울면서 동시에 코로 냄새를 맡느라 킁킁거려서 울음소리가 괴상했다. 사람처럼 울면서 콧물을 훌쩍이는 소리를 냈다. 나는 옷장 문을 도로 닫지도 어쩌지도 못한 채로 우는 고양이를 바라보았다. 쓰다듬어 주려고 손을 내밀자 날카로운 발톱을 세워 휘둘렀다.

"…어 줘."

고양이 울음소리 사이로 엄마 목소리가 들렸다. 돌아보니 어느새 옆에 온 엄마가 힘없이 다시 말했다.

"문을 더 열어 줘."

나는 반쯤 열다 만 옷장 문을 활짝 열었다. 그러자 늙은 고양이가 폴짝 뛰어 옷장 구석으로 들어갔다. 그리고 아까보다는 작지만 여전히 슬픈 목소리로 울었다.

"쟤도 할머니가 보고 싶은가 봐."

엄마는 대답 없이 옷장 안을 살피더니 아래 칸에서 옷 한 더미를 꺼냈다. 그리고 옷장 안으로 들어갔다.

"엄마 뭐 해?"

"문. 닫아 줄래."

엄마는 가끔 저렇게 말한다, 거절할 수 없는 단호한 말투로. 나는 손가락 하나가 들어갈 정도의 틈만 남기고 옷장 문을 닫았다. 안에서 두 개의 울음소리가 들렸다. 늙은 고양이는 노래처럼 울었고 엄마는 악기처럼 울었다. 나는 어쩐지 마음이 편안해졌다. 엄마가 슬펐구나. 그걸 알게 되어서 다행이었다. 울 수 있으면 언젠가 다시 말도 할 수 있다는 뜻이니까.

그 뒤로도 엄마는 가끔 옷장에 들어갔다. 학교에 갔다가 돌아와서 엄마가 보이지 않으면 옷장 문을 열었다. 그 안에는 엄마와 고양이가 동글게 몸을 말고 잠들어 있었다.

이모들이 모두 우리 집에 모였다. 말로는 옷장 정리를 도와준다고 했지만, 사실은 아직도 기운이 없고 말을 안 하는 엄마를 보러 온 것이다. 큰이모가 거실의 옷장을 열고 옷가지를 훑으며 말했다.

"이건 네 거 같은데?"

큰이모가 빡빡한 옷걸이들 사이에서 빼든 옷은 듬성

듬성 구멍이 나고 허리가 반 토막인 짧은 스웨터였다.
저런 옷을 어디서 본 적이 있는데.

"아, 우리 반에 이런 크롭티 입은 애 본 적 있어요. 이거랑 진짜 비슷한 거였는데?"

"크롭티?"

이모들이 나를 돌아봤다.

"옛날엔 배꼽티라고 불렀지. 이거 작은이모가 입는다고 샀다가 한 번 입고 다시는 안 입고 처박아 둔 거야."

큰이모가 웃음을 참으며 말했다.

"이모가 이런 옷을 입었다고요? 진짜요?"

"딱 한 번밖에 못 입었어. 그런 시대였어, 그때는."

작은이모는 멀리 허공을 보면서 말했다.

"내가 이 옷을 사고 얼마나 설렜는데. 잡지에 나오는 걸 보고 똑같은 옷을 찾으려고 서울 안에 시장을 안 돌아다닌 데가 없었어. 어떤 옷은 색깔이 다르고, 어떤 것은 길이가 다르고, 어떤 가게에서는 도매로만 판다고 하고. 나는 꼭 이 배꼽티를 입고 싶었단 말이야. 그러니 이 옷을 찾아내고 얼마나 좋았겠어? 그래서 지하철 화장실에서 얼른 갈아입고 집에 가는데, 갑자기 누가 내 뒤통수를 퍽 치는 거야! 얼마나 놀랐는데!"

"누가요?"

"모르는 할아버지가. 냅다 후려친 거야. 배를 왜 까고 다니냐고, 완전히 정신이 나갔냐고, 얼마나 욕을 해 대는지, 지하철 문 열고 뛰어내리고 싶었다니까."

"말도 안 돼요."

"그런 시대였다니까."

"요즘에 크롭티가 유행이에요. 난 입어 본 적 없는데."

"그럼 예린이 입어 봐."

작은이모가 건네주는 크롭티를 받아서 엄마를 돌아보았다.

"나 입어도 돼?"

엄마가 고개를 끄덕였다.

"그럼 되겠네! 여기서 예린이 입을 만한 거 골라내자."

이모들의 눈이 반짝였다.

"이것 좀 봐!"

작은이모가 꺼내 든 것은 커튼을 잘라서 만든 것 같은 긴 드레스였다. 여왕이 입을 것 같은 옷이었다.

"이건 누구 거예요? 이런 옷은 처음 봐요."

"이거, 아무것도 아니야!"

큰이모가 얼굴을 붉히면서 드레스를 잡아 등 뒤로 감

쳤다.

"이거 생각나? 큰언니가 짝사랑하던 남자 결혼식에 입고 가려고 의상실에서 맞춘 거잖아!"

작은이모가 깔깔대며 말했다.

"웨딩드레스처럼 해 달라고 했지? 복수할 거라고, 제일 좋은 원단으로 해 달라고!"

작은이모 말에 엄마도 살짝 웃었다.

"동부시장 안에 의상실에서 맞춘 건데, 아직 그 집 있으려나. 없겠지?"

큰이모와 작은이모가 드레스에 얽힌 얘기를 주고받는 사이 나는 큰이모 등 뒤로 가서 드레스를 살짝 만져 보았다.

"엄마 나 이걸로 다른 옷 만들어 주면 안 돼?"

"다른 옷을 만들면 되겠네, 정말?"

작은이모가 다가와 드레스를 내 몸에 대 보았다.

"이거 잘하면 치마하고 상의를 나눠서 입을 수 있겠는데?"

"얼마나 좋은 원단인 줄 알아? 예린이가 보는 눈이 있네."

큰이모는 내 몸에 얹은 드레스를 쓰다듬었다.

"그때는 진짜 슬프고 힘들어서 세상이 다 무너진다고 했는데 시간이 지나니까 다 지나간다, 신기하게도."

"밍크도 있어!"

작은이모가 대단한 보물을 발견한 듯이 소리를 쳤다.

"이거 내가 사드린 건데?"

큰이모가 말했다.

"언니가?"

"그래. 엄마가 친구들 다 하나씩 있다고 해서 내가 거금 들여서 하나 해 드렸어. 입은 걸 본 적이 없어서 어디 갖다 팔았는 줄 알았더니."

"요새는 이런 진짜 밍크 없지. 동물을 잔인하게 죽여서 만든다고 해서 이제는 거의 다 인조로 만들잖아."

큰이모와 작은이모 사이로 들어가 진짜 밍크를 만져 보았다. 밍크 털은 부드럽기도 했지만 군데군데 빳빳한 털도 섞여 있었다. 기분이 이상했다.

"이걸 어떡하나. 그냥 버릴 수도 없고."

큰이모는 살아 있는 고양이를 쓰다듬는 것처럼 밍크를 곱게 매만졌다. 나보고 입어 보라고 했지만 나는 살아 있던 동물이라고 생각하니 옷이 혼자 움직일 것 같은 오싹한 생각이 들어서 고개를 세차게 저었다.

그로부터 한 시간이나 이런 패션쇼가 이어졌다. 나는 이모들이 주는 옷들을 대 보고, 걸쳐 보고, 신발도 신었다가 벗었다 했다. 앵무새처럼 알록달록한 터틀넥티도 있었고, 청으로 된 셔츠도 있었다. 이모들은 이런 건 너무 촌스럽잖아, 했지만 내 눈에는 다 예뻤다. 작은이모가 이십 대에 가장 좋아했다는 바지는 밑단이 다 쓴 수세미처럼 너덜거렸다.

"이걸 압정으로 신발에 박아서 입었어. 그러다 저녁쯤 되면 압정은 어디로 다 도망가고 떨어져서 바짓단으로 바닥을 죄 쓸고 다니는 거야."

작은이모 말에 우리 모두 웃음이 터져서 멈추질 않았다.

"압정이라고요?"

"그래, 이 이모가 일명 강여고 압정잽이었어. 애들이 죄 나한테 와서 압정 박아 달라 옷핀으로 집어 달라 아주 줄을 섰다니까."

이모는 이 바지가 행운의 바지이며, 이 바지를 입고 나간 날에는 모든 일이 잘 풀렸다고, 아주 좋은 바지라고 했다. 아까 배꼽티와 같이 입으면 잘 어울린다고 했다. 나는 작은이모의 행운의 바지도 챙겼다.

할머니가 신었다는 빨간 구두는 내 발에 맞춘 듯이
딱 맞았다. 엄마는 안 된다는 의미로 고개를 작게 저었
지만, 대학생이 되어서 신겠다는 말에는 다소 못마땅한
표정으로 고개를 끄덕였다.

"그런데 거의 다 이모들 옷이네요? 엄마 건 없어요?"

"너희 엄마는 옷 거의 안 샀어. 다 이모들 거 물려받
아서 입었지."

"아! 그거 있는데, 엄청 울었던 바지 있잖아."

"바지?"

"그래, 막내가 중학생 때 수학여행 간다고 찢어진 바지
사 왔는데 엄마가 다 꿰매 버린 거, 그거 어딨지?"

이모들은 옷장 세 개를 돌아가며 바지를 찾았다. 거
실 옷장 안에서 잠들었던 고양이가 꽥! 소리를 지르며
튀어나왔다.

"여깄다."

엄마가 작은 목소리로 말했다. 엄마는 잠시 바지를 내
려다보았다.

"진짜, 우리 엄마."

그리고 바지를 펼치자, 할머니가 꿰맸다는 바지가 드
러났다. 양쪽 무릎에, 허벅지 군데군데 예쁜 천을 덧대

어 만든 조각보 같은 청바지였다.

"너무 예쁘다."

나는 엄마의 바지를 보자마자 한눈에 반했다.

"이것 때문에 너희 엄마가 할머니랑 얼마나 싸운 줄 알아? 막내가 그렇게 대드는 거 첨 봤어, 그치?"

작은이모가 말했다. 엄마가 울고 있었다. 큰이모는 엄마를 안아 주었다.

"왜, 내 바지를 이렇게 해 놨어? 이렇게 정성스럽게 만들어 놔서 버릴 수도 없고! 엄마 진짜 짜증 나!"

엄마가 갑자기 사춘기 소녀처럼 보였다. 수학여행 전날 설레는 마음으로 개어서 놔두었을 바지, 같이 입을 티셔츠, 새 운동화. 온종일 바지를 입고 엄마 때문에 화가 났겠지. 얼마나 짜증이 났을까. 친구들과 놀고 싶은 마음도 들지 않았겠다.

"엄마 보고 싶어. 엄마는 왜 병도 곱게 걸렸어, 왜 그렇게 일찍 갔어."

엄마가 울자 이모들도 울기 시작했다. 장례식장에서 울던 조용한 울음으로는 충분치 않아서, 그래서 모두의 마음속에 남아 있는 울음이 아직도 가득했다.

"이제야 말을 하네."

작은이모가 울먹이며 말했다.

"너 어릴 때 맨날 장롱 들어가서 울었잖아, 기억나?"

큰이모가 말하자 엄마는 옷장 안으로 슥 들어가 앉았다.

"언니도 들어와 봐, 옛날처럼."

큰이모가 끙차 소리를 내면서 옷장 안으로 들어갔다. 작은이모가 "장롱 부서질라!" 소리를 지르자 엄마와 큰이모는 장난꾸러기 같은 표정을 지었다. 정말, 이 아줌마들이 왜 이래, 하면서도 작은이모는 그 모습을 스마트폰으로 찍었다.

엄마가 작은 소리로 말했다.

"내가 이러고 있으면 엄마가 나오라고 했어. 학이 물어간다면서."

"맞아. 내가 울면 넌 내 딸이 아니라 저 학이 물어다 줬다고 했고."

나는 세 자매의 대화를 들으며 옷장 문을 보았다. 산봉우리를 넘어가는 학의 날개 한쪽 끝이 살짝 떨어져 있었다. 학이 물어갈까 봐 무서웠던 엄마가 뜯어내려고 했던 걸까. 그래도 학은 여전히 반짝거리며 힘차게 날고 있다.

이모들은 꼭 가지고 싶은 할머니 옷을 몇 벌씩 챙겼고, 이제 내 옷이 된 것도 한가득이다. 그러고도 아직 꽤 많은 옷이 남았다. 주로 엄마와 이모들이 어릴 때 입던 아동복이나 할머니가 평상시에 입으시던 옷들이었다.

"의류 수거함에 버리면 되지."

큰이모가 말하자 엄마는 이마에 주름을 만들며 말했다.

"요새는 의류 수거함에 넣는 옷이 넘쳐 나서 재활용이 잘 안된대. 아프리카 같은 곳에 버리거나 소각해서 환경오염이 된대."

"나도 다큐멘터리에서 본 적 있어. 소들이 옷을 주워 먹고 병들어 죽는대."

나는 얼마 전에 학교에서 함께 본 다큐멘터리를 떠올렸다. 산처럼 쌓인 옷이 우리 학교보다도, 우리 아파트보다도 높았다. 바다에서는 그물에 물고기가 아닌 옷 뭉치가 한가득 잡혔다.

"그럼 어떡하지? 너무 낡은 건 걸레로 쓰면 되는데."

"그럼 엄마, 이모들, 제가 아이디어가 있는데 이걸로 해 봐도 돼요?"

다큐멘터리의 마지막 장면에서는 입지 않는 옷을 다른 디자인으로 고치거나 아예 새로운 물건을 만들었다.

나는 아주 좋은 생각이 떠올랐다.

　쉬는 시간에 미술실 제일 뒷자리에 앉은 오담에게 갔다. 오담은 교실에서나 미술실에서나 항상 제일 뒷자리에 앉는다.

　"초등학교 때 핑크색 옷을 입고 학교에 간 적이 있는데, 아이들이 여자 옷을 입었다고 놀렸고 왕따를 당했습니다. 핑크색 옷은 엄마가 골라 주어서 억지로 입었던 것인데, 내가 입고 싶은 옷을 직접 사 보니 언젠가 옷을 만들어 입고 싶어졌습니다. 그래서 패션디자이너가 되고 싶습니다."

　2학년이 되고 학기 초 자기소개 시간에 오담이 한 말은 지금도 기억에 남아 있다. 자신이 왕따를 당했던 일을 아무렇지 않게 말하는 것도, 꿈이 명확하다는 것도 나에게는 전부 충격이었다. 오담은 자기소개 이후에는 딱히 튀는 행동을 하지도 않았고, 항상 제일 뒷자리에서 조용히 지냈다. 공부를 하는 건 아니고, 보통 옷 디자인을 끄적거리는 것 같았다. 지금도 옷 그림을 그리고 있다.

　"안녕, 너 미술 프로젝트 구상했어?"

내가 묻자 오담은 공책에 끄적거리던 손을 멈추고 나를 올려봤다.

"어? 아니."

"아직 안 정했으면 나랑 같이할래? 옷 만드는 건데, 아니 옷으로 뭘 만드는 건데…."

말을 하면서도 아직 뭘 만들지 몰라서 말끝을 흐리면서 고개를 숙였을 때 오담의 신발이 눈에 들어왔다. 하얀 운동화에는 붉은색, 푸른색으로 불꽃 같기도 하고 물결 같기도 한 그림이 그려져 있었다.

"옷으로 뭘 만든다고?"

"응. 내가 버릴 수 없는 옷이 많거든."

"버릴 수 없는 옷으로 뭘 만든다고, 재밌겠는데?"

오담과 나는 그렇게 미술 프로젝트를 함께하게 되었다. 미술 선생님은 2학년 미술 실기 시간에는 자신이 원하는 프로젝트가 있으면 개별적으로 진행해도 좋다고 하셨다. 우리 계획을 들으시고는 건전지로 작동하는 손재봉틀을 꺼내 주셨다. 오담과 나는 머리를 맞대고 하나하나 스케치를 해 나갔다.

마지막으로 할머니를 만난 것은 재작년 중3 추석 때

다. 그때 나는 사춘기여서 말을 안 하던 때였다. 할머니 집에서도 말을 한마디도 하지 않았다. 할머니는 카톡이 없어서 나는 할머니가 하는 말을 듣기만 했다. 할머니는 내가 대답하지 않아도 계속 내게 말을 붙였다. 눈을 맞추면서. 눈으로 대답을 전부 들을 수 있다는 듯이.

"올해는 감이 잘 안 됐싸. 작년에는 주먹 두 개만 한 홍시가 게락으로 열렸는데 올해는 우떠 크기가 반도 안 된다니."

엄마는 낮잠에 빠졌고, 이모들은 벌써 서울로 돌아갔다. 늙은 고양이는 소파에서 꾸벅꾸벅 졸고 있었고, 할머니와 나뿐이었다.

"고냉이가 감나무 올라타는 걸 좋아하는데, 기내려오는 건 할 줄 몰래. 그래서 잘라내야 겠싸. 내가 옳으면 고냉이가 개올라갔다가 못 깨내려오면 우터하나."

할머니는 겉옷을 챙겨 입으시고 옷장에서 내 겉옷을 꺼내 가져다주셨다.

"저짝 바다 앞에 멋진 커피집 생겼는데, 거나 갔다 오자. 예린이가 오면 같이 가이지, 그러고 움매나 기다렸는데."

나는 마지못해 겉옷을 입고 할머니를 따라나섰다. 할

머니 집에서 바다까지는 남대천을 따라가면 된다. 강물이 흘러서 바다로 가는 천이다. 바다에서 밀려온 모래가 군데군데 작은 섬을 만들어 냈다. 커다란 백로가 고개를 크게 움직여서 물고기를 잡았다. 낚시하는 사람들이 드문드문 보였다.

바다는 고요하고 조용했다.

"오늘은 파도가 옳재? 어제는 옴매나 정신 사납게 파도가 쳤는지 오늘은 또 이래 잔잔하다니."

바다가 훤히 내려다보이는 카페였다. 키오스크가 있지만 할머니는 당당히 계산대로 걸어가서 주문하셨다.

"나는 기계로 시키질 못하니까, 여서 예린이 먹고 싶은 걸로 두 개 시켜 봐 봐."

휘핑크림이 올라간 초코칩 스트로베리 요거트를 시키려다가, 초당순두부 밀크셰이크를 가리켰다. 순두부로 만든 아이스크림을 먹어 본 적이 있는데, 그걸 셰이크로 만든 메뉴 같았다. 이상하게 그날은 항상 먹는 거말고 다른 걸 먹어 보고 싶었다. 이곳에서만 먹을 수 있는 것, 할머니도 좋아할 수 있는 것. 할머니는 그걸로 두 개 주세요, 하고 주문했다.

"딴 아주머이들은 이런 데서 시켜 먹으면 비싸고 돈

아깝다지만 내는 있잖아 하나도 안 아꾸와."

바다가 훤히 내려다보이는 창가 자리에 할머니와 나
란히 앉았다. 아주 먼 데까지 바다는 고요해서 멈춰 있
는 것 같았다.

"어제는 움매나 정신 사납게 파도가 쳤는지요, 매일
이래 변덕스러운 기 사램 마음 같다. 그재?"

할머니는 순두부 밀크셰이크를 한 입 쭉 드셨다. 나
도 따라서 마셨다. 두부로 만든 밀크셰이크는 처음엔
아무 맛도 안 났다가 서서히 고소한 향이 입안에 가득
찼다.

"움청 맛있네. 이래 맛있는 걸 이제 알았싸."

할머니 말에 나는 잠깐 웃음이 났다.

"예린이는 내년이면 하마 고등학생이 되네, 예린이
나이에 둘째는 멋 부리는 걸 너무 좋아했싸. 진청일 치
장하고 꾸미는 데만 정신이 팔렸다니. 가 서울까지 가
서 옷 사 온 거 아나?"

작은이모 얘기다. 할머니는 작은이모 얘기를 시작으
로 큰이모가 대학교 때 짝사랑하던 남자 얘기며 엄마가
어릴 때 있었던 얘기며 온갖 재밌는 얘기들을 들려주셨
다. 특히 엄마가 장롱에 들어가서 반짇고리에 있던 가위

로 옷장 속의 옷들을 전부 조금씩 잘랐던 얘기를 할 때 나는 웃음이 터져 버렸다. 왜냐면 나도 어릴 때 가위로 앞머리를 싹둑 잘라 버려서 엄마가 기겁을 했던 적이 있기 때문이다.

하지만 웃음은 곧 멈췄다. 그건 어릴 때 얘기고, 나는 벌써 고등학생이 된다. 남들보다 예쁘지도 않고, 공부 머리도 별로이고, 이렇다 할 재주도 없고, 딱히 재밌는 것도 없는 채로 고등학생이 된다고 생각하니 끔찍했다. 친한 친구들은 벌써 어느 대학에 갈지, 무슨 과를 갈지 다 정했는데 나만 아무 생각도 없이 사는 것 같다.

"할머니, 나는 뭐가 되면 좋겠어요?"

할머니가 나를 돌아보고 동그랗게 눈을 떴다.

"그기 걱정이었구나야, 그래서 말을 잃었던 거나?"

할머니는 다시 먼 바다로 눈을 돌렸다.

"뭐이가 되어도 좋지, 예린이가 하고 싶은 걸 하면."

"나는 뭐가 하고 싶은지 모르겠어요. 어떤 애는 코딩하는 걸 좋아해서 개발자가 되고 싶다고 하고, 어떤 애는 공부 잘하니까 의대를 갈 거라고 하는데, 나는 좋아하는 것도 없고 잘하는 것도 없어요."

할머니가 내 손을 잡았다. 밀크셰이크 때문에 약간

축축하고 차가웠다. 그리고 아주 부드러웠다.

"야야, 그래 거창한 기 움써도 잘 살아진다니. 뭐이가 꼭 안 돼도 다 잘 살아져. 그니까 그런 걱정 말아. 아직도 너무 어리고 살아갈 날이 너무 길다."

아무도 나에게 할머니처럼 말해 준 사람이 없었다. 할머니가 처음이었다. 모두 나에게 너는 꿈이 뭐야? 무슨 과 갈 거야? 학원 뭐 뭐 다닐 거야? 벌써 고등학교 들어가는데 하고 싶은 게 없어? 거창한 꿈이 없으면 문제가 있는 것처럼 말했다. 고등학교 들어가면 선택과목도 정해야 해, 동아리 활동도 생기부에 들어가니까 그것도 준비해야지, 다들 철저하게 대비하고 치열하게 살아갔다.

"할머니는 꿈이 뭐였어요?"

"나는 별로 대단한 꿈도 움썼싸. 아주 옛날에는 빨간 구두 하나 갖고 싶었지. 빨간색 구두가 움매나 예뻐 보였는지 그거 한 켤레 갖는 기 꿈이었는데."

"빨간 구두요?"

"그래. 할무이 처녀 때는 서울 아가씨들이 구두 신고 여 놀러 오는 게 울매나 멋있어 보였는지, 나도 그런 구두 신고 싶었지. 근데 인제는 다 잊어버렸싸."

나는 할머니의 꿈에 웃음이 났다. 너무 작고 귀여운 꿈이었다. 할머니 말이 맞다. 거창한 꿈이 없어도 할머니처럼 이렇게 훌륭한 어른이 될 수 있다. 나는 그 순간 결심했다.

"할머니, 나는 꿈을 정했어요."

"정말? 아깨는 꿈이 읎다면서."

"내 꿈은 할머니처럼 훌륭한 어른이 되는 거예요."

"그래? 내거 훌륭한 사람이라니까 기분이 좋다, 야."

우리는 순두부 밀크셰이크가 녹는 줄도 모르고 바다를 바라보았다. 그리고 나의 사춘기는 바다에 밀려가듯이 사라졌다.

학교에 가져갈 할머니 옷을 추려 내다가 갑자기 그때가 생각났다. 엄마처럼 옷장에 들어가서 울었다. 처음으로 할머니의 죽음이 실감 났다. 처음에 할머니가 아프다고 했을 때는 조금 놀랐고, 요양병원으로 가셨을 때는 무서웠다. 장례식장은 낯설고 솔직하지 못했다. 엄마가 말을 하지 않을 때는 어떻게 해야 할지 몰라서 답답하고 서운했다. 나에게도 슬퍼할 시간이 필요했다. 나는 할머니를 잃었다. 죽는다는 것은 이제 더 이상 이 세상에 없다는 것이고, 다시는 만나지 못한다는 것이다. 남은 것은 어디로 가야 할지 모를 옷들뿐이다. 가슴이 먹먹해졌다. 할머니가 보고 싶다. 나는 다시는 할머니처럼 훌륭한 어른을 만나지 못할 것 같다.

'울면 저 학이 물어간다니.'

할머니 목소리가 들렸다. 반짝이는 자개로 만든 학이 날아왔다. 다리에 작은 보자기를 달고, 그 안에 이제는 아기처럼 작아진 할머니를 담고 있었다.

'할머니, 어디 가?'

'좋은 데로 간다, 그러니까 걱정할 거 하나두 읎다.'

'할머니 보고 싶으면 어떡하라고?'

'괜찮아. 할무이가 어디서든 지켜 주고 있으니까 잘 살 수 있을 끼야.'

'할머니 가지 마.'

학이 반짝거리며 힘차게 날갯짓을 한다. 할머니를 태우고 무지개색으로 빛나는 구름을 넘고 우뚝 솟은 두 산봉우리 사이로 훨훨 날아간다. 나는 얼른 손을 뻗었다. 학의 날개 끝부분이 손에 걸렸다. 반짝이는 자개 조각이 후두두 눈물처럼 떨어졌다.

가끔은 눈물이 터져 나와서 멈추질 않았다. 아침에

세수를 하다가도 울었고, 등굣길에 새가 날아가는 것을 보고도 울었다. 미술 시간에 할머니의 옷을 조각조각 잘라서 이리저리 맞춰 보다가도 갑자기 울었다. 오담은 눈치를 보고 잠깐 자리를 피해 주었다. 미술실 제일 구석에서 할머니 냄새가 나는 옷 조각들을 끌어안고 울었다.

할머니의 조각들을 손재봉틀로 한땀 한땀 박으면서 조금은 알 것 같았다. 나는 누군가의 마음을 치유해 주는 사람이 되고 싶다. 옷장에서 나오지 못하는 엄마를 치유해 주고 싶다. 울음소리를 잃어버린 고양이를 치유해 주고 싶다. 그리고 어린 시절의 마음을 기억하는 이모들처럼 누군가의 마음을 잊지 않는 사람이 되고 싶다. 아직도 무엇이 될지는 모르겠지만, 어렴풋이 그런 사람이 되고 그런 일을 하고 싶다는 생각이 들었다.

"엄마, 이제 나와도 돼요."

엄마는 안방 문을 살짝 열고 고개만 빼꼼 내밀었다.

"나와도 된다니까, 빨리요."

나는 엄마 손을 잡고 거실에 할머니의 옷장 앞으로 끌었다.

"열어 보세요."

옷장의 위아래를 구분하던 나무판을 치우고, 할머니가 쓰던 이불을 옷장 바닥에 깔았다. 그리고 직접 만든 쿠션을 여러 개 놓았다.

"들어가서 편하게 있을 수 있게 방처럼 만들었어. 그리고 이 쿠션은 다 할머니 옷으로 만든 거야."

분홍색 스웨터를 잘 접어서 안에 솜을 채워 넣은 뒤 빠져나오지 않게 손재봉틀로 꼼꼼히 박아 만든 쿠션을 엄마 품에 안겨 주었다.

"할머니 보고 싶을 때마다 이렇게 꽉 끌어안을 수 있게⋯."

내가 말을 다 하기도 전에 엄마 눈에서 눈물이 터져 버렸다. 엄마가 꽉 끌어안은 분홍색 쿠션에 눈물이 뚝뚝 떨어졌다.

"엄마, 다 봐야지, 아직 안 끝났어."

나는 커다란 천을 펼쳐 들었다. 할머니의 옷을 잘라 이어 붙인 조각보다.

"이건 커튼이나 식탁보로 쓸 수 있는 건데, 여기는 바지에서 오려 낸 거고, 여기는 티셔츠, 여기는 치마 부분이고, 암튼 할머니 옷은 다 들어가 있어!"

엄마는 내가 말하는 대로 하나하나 조각을 짚어 가며 쓰다듬었다. 엄마는 정말로 기쁜 얼굴을 하고 있어서 빛이 날 지경이었다.

"그리고 이건 앞치마인데, 할머니가 일할 때 입으시던 조끼랑 주름치마로 만든 거."

엄마는 앞치마를 받아 입었다. 그러자 젊은 할머니가, 시간을 넘어 날아와 내 앞에 서 있는 것처럼 보였다.

"어떻게 이런 생각을 했어?"

"우리 반에 패션 디자이너가 꿈인 친구가 있는데, 그 친구가 아이디어를 냈어. 꼭 옷으로 입을 수 있게 고치기보단 생활에 가까운 곳에 둘 수 있는 걸로 만들면 어떻겠냐고. 그래서 쿠션하고 앞치마, 커튼을 만들기로 한 거야. 그리고 하나가 더 있는데."

나는 주머니에 넣어 두었던 작은 옷을 꺼냈다.

"고양이 옷도 만들었어, 할머니처럼 꽃무늬로!"

"꺄악! 너무 귀엽다!"

엄마는 고양이 옷을 받아 들어 펼쳐 보며 소리를 질렀다.

"입혀 보자."

고양이는 할머니의 옷장 구석에서 쿨쿨 잠들어 있었

다. 엄마는 살살 흔들어 고양이를 깨워 조심히 안았다. 고양이에게 할머니의 옷은 너무나 잘 어울렸다. 꼭 치마를 입은 할머니처럼, 둥글고 포근했다. 고양이는 할머니 냄새가 나는지 옷 냄새를 한참이나 맡았다.

"그런데 예린아, 이 고양이 수컷이래."

"진짜야?"

엄마와 나는 마주 보고 웃었다. 얼마나 웃었는지, 고양이가 심술궂게 냐옹, 하고 울었다. 옷장 문에서 반짝하며 학이 날개를 퍼덕인 것 같았다.

넌 오늘도 예쁘네?

넌 오늘도 예쁘네.

체크무늬 트렌치코트, 너한테 진짜 잘 어울린다. 새로 산 거야? 머리 스타일도 바꿨어?

어? 쟤들 너 쳐다본다. 저 뒤에 가는 여자애들.

당연히 예쁘니까 보겠지. 그래, 넌 오늘도 예쁘니까.

"택배 왔더라."

아줌마는 오늘도 현관까지 나왔다. 왜 굳이 현관까지 나오는 걸까? 꼭 얼굴을 마주치고 인사를 하고 싶은 걸까. 집에서 나갈 때는 얼른 신발만 신고 나가면 마주치지 않을 수 있는데, 들어올 때는 현관 키패드 소리 때문에 몰래 들어올 수가 없다.

"네."

나는 최대한 상냥한 목소리로 대답하지만, 얼굴은 보고 싶지 않다. 표정까지 상냥하게 만들기엔 너무 피곤하다. 고개를 숙이고 얼른 방으로 들어와서 문을 닫았다. 택배 상자가 뜯어져 있다. 짜증이 몰려온다. 어쩔 수 없이 나는 방문을 반쯤 열고 다시 상냥한 목소리로 말한다.

"이거 아줌마가 뜯어 봤어요?"

"응, 나도 시킨 게 있어서 내 건 줄 알고…."

부엌 쪽에서 아줌마 목소리가 들린다.

"여기 내 이름 쓰여 있는데. 앞으로 확인 잘해 주세요."

"그래, 미안해."

한쪽 날개가 열린 상자를 마저 뜯고 있는데, 아줌마가 방문을 열고 들어온다. 주스가 담긴 컵을 들고.

"근데 옷 시켰어? 아줌마가 같이 가서 골라 줄 수 있는데…."

왜 저래, 짜증 나게. 나는 한숨을 푹 쉬고 얼굴을 상냥하게 바꾼다.

"제 옷은 제가 고를 수 있어요."

아줌마가 내미는 컵을 받아 들었다.

"고맙지만 앞으로는 주스든 택배든 문 앞에 놔 주세요. 제 방에 들어오시는 건 불편해요."

마지막에 잊지 않고 살짝 웃었다. 웃어야 할 때는 머릿속으로 이모티콘을 떠올린다. ^^ 이런 거나 ☺ 이런 걸 떠올리면 도움이 된다.

"저기, 발 좀⋯."

눈을 내리깔아 아줌마 발을 보고 말하자 아줌마는 문턱에 걸린 발을 뺐다. 나는 얼른 문을 닫았다.

택배 상자를 마저 뜯고, 손에 잡히는 대로 비닐 포장을 뜯었다.

신상 쇼핑몰이라고 해서 시킨 곳이다. 백화점 정품만큼 퀄리티가 괜찮다고 했다. 시험 공부를 하는 사이사이 온라인 장바구니에 하나씩 담았다가 뺐다가 하면서 골라 담았다. 그리고 중간고사가 시작되자마자 주문했다. 해외 배송이라 시간이 오래 걸려서 시험 결과가 나올 즈음에 맞게 도착할 것 같았다. 시험을 못 봤다면 위로의 선물이 될 거고, 잘 봤다면 열심히 한 내게 보상이 될 테니까.

반에서 4등으로 목표했던 5등보다 더 잘 봤다. 이 정도면 나에게 줄 보상으로 충분하다.

백화점 정품 퀄리티라고 했지만, 이건 완전히 싸구려다. 백화점에서 봤던 것과 똑같은 디자인에 패턴 프린트까지 그대로지만, 품질은 완전히 달랐다. 머스트해브 아이템이라는 하이웨스트 클래식 코르덴 팬츠는 너무 두껍고, 경쾌한 페미닌 코랄핑크 브이넥 티셔츠는 너무 얇고 왼쪽 허리선이 뒤틀렸다. 우아하게 걸치는 플라워 프린트 블라우스는 실물로 보니 시골 할머니들이나 입을 것 같다.

"진짜 짜증 나네."

신상 쇼핑몰이라서 호기심에 시켜 보고 싶었던 것이지 큰 기대는 없었다. 하지만 이건 너무 구리다. 폰을 켜서 커뮤니티에 들어가 보니 다른 사람들 역시 악평이 가득하다. 품질, 배송, 반품, 어느 것 하나 제대로 된 게 없다는 의견이 대다수였고, 어떤 사람은 입자마자 티셔츠가 앞판과 뒤판으로 분리되었다고 했다. 반품 처리도 제대로 안 된다고 한다. 나는 비닐째로 전부 옷장에 처박아 버렸다. 이미 옷장 서랍은 꽉 차서 겨울 코트 아래쪽으로 밀어 버렸다.

책상에 앉아서 다시 온라인 커뮤니티와 쇼핑몰을 돌

아보기 시작했다. 나에게 정말 어려운 것은 공부가 아니다. 공부는 한 번도 어려운 적이 없었다. 학교에서 들은 대로 필기하고 다시 보고, 학원에서 내 준 문제대로 풀면 그만이다. 정해진 시간만큼 정해진 것만 해내고 나면 된다. 외우는 것은 반복하면 되고 해석하는 것은 패턴을 이해하면 그걸로 끝이다. 하지만 패션은 끝이 없다. 날마다 다른 신상이 나오고 새로운 패턴과 컬러가 나온다. 몇 달 안에, 아니 단 한 달 안에도 유행이 변한다. 한참 새로운 옷들을 보다가 인스타그램을 눌렀다. @5dam. 오담이 새 게시물을 올렸다.

오담은 여름방학에 인스타에서 보고 친구가 되었다. 나와 같은 중앙고라고 했는데 학교에서 본 적은 아직 없다. 스타일이 괜찮아서 팔로우를 했다. 그러자 오담도 바로 맞팔을 하고 몇 번 메시지를 주고받았다. 처음에 메시지가 왔을 때는 좀 당황스러웠다. 〈너 중앙고야? 나돈데!〉라는 메시지에 잠깐 얼어붙었다. SNS로 친구를 사귀는 법을 몰랐기 때문이다. 내가 팔로우하는 사람들은 패션에 관련된 외국인이나 모델이 대부분이고, 메시지를 주고받을 일이 없었다. 학교 애들한테는 개인 계정을 알려 주지 않았다.

〈응, 어떻게 알았어?〉라고 답장을 하곤 금세 바보같이, 하고 머리를 뜯었다. 입학 첫날 교복을 입고 새로 산 가방과 구두를 찍어 올렸기 때문이다. 〈아, 내 교복 사진 봤구나? ㅎㅎ〉 얼른 덧붙여 보냈다. 오담이 깔깔 웃는 이모티콘을 보내와서 나도 고양이가 훌쩍거리는 이모티콘을 보냈다. 그렇게 오담은 처음으로 사귄 SNS 친구가 되었다.

'이거 진짜 내 거 맞아? 말도 안 돼. 너무 예쁘잖아!!!!! 봐도 봐도 안 질림 #신발이사람이라면이건그냥우주존잘 #짝퉁아님 #신상그거맞음 #주말에엄마랑 #오픈런성공 #커플템 #고1패션'

오담이 새로 올린 게시물의 신발, 나도 너무 갖고 싶었던 거다. 하지만 돈은 두 번째 문제고 새벽부터 줄을 서야 살 수 있는 한정판이다. 오픈런 해도 못 사는 사람이 더 많은 신발로 악명이 높다. 샌드위치를 입에 물고 카메라를 내려다보는 오담의 얼굴을 한참 동안 들여다보았다. 무표정한 얼굴이지만 장난기가 많을 것 같다. 나는 내 무표정한 얼굴이 싫다. 친절한 얼굴을 하려면 노력해야 한다.

스크롤을 내렸다.

'할배가 되어서도 신고 싶은 스웨이드 스니커, 기말고사 잘 보면 사 준다고 했는데 잘 못 봤더니 기운 내라고 사 주심. #엄마인가천사인가 #하지만할배는안될거임'

'목 짱짱한 맨투맨을 오버핏으로 입으니 나 왠지 어린이가 된 것 같은 기분이 들지. 유치원 때 입었던 원아복 느낌. #왜벌써고딩임 #유치원패션아님'

오담의 피드는 깔끔하고 귀엽고 사랑스러운 느낌이다. 엄마가 찍어 주는 것 같은 사진들도 전부 감각적이고 계속 눈길이 갔다. 나는 하얀 운동화를 두 번 터치하고, 옷장에 밀어 넣은 옷을 다시 꺼냈다. 침대에 늘어놓으니 그런대로 볼 만했다.

'시험 끝난 기념 쇼핑 #해외직구 #고1패션 #반품귀찮아'

게시물을 올리자 오담에게 메시지가 왔다.

〈시험 잘 봤어?〉

나는 잠깐 망설이다가 답장을 보냈다.

〈응, 신발 진짜 예쁘다. 어떻게 샀어?〉

〈엄마가. 나보다 이 브랜드 더 좋아함. 덕분에 커플 신발 ㅋㅋㅋㅋ〉

〈시험 잘 봤나 봐 ㅎㅎ〉

〈너도 옷 산 거야? 잘 어울릴 것 같아〉

〈새로 생긴 쇼핑몰이라 시켜 본 건데 별로 맘에 안 들어 ㅜㅜ〉

쓸데없는 소리를 한 걸까? 오담은 잠시 답이 없다. 멍하니 화면을 보고 있는데 다시 메시지가 왔다.

〈니가 입으면 다 예쁠 것 같은데?〉

약간 닭살이 돋았다. 플러팅이라는 게 이런 건가? 풋, 하고 웃음이 터졌다.

〈우리 만날래? 나 보통 학원 가기 전에 카페에서 숙제하거든. 너 학원 어디 다녀?〉

폰을 떨어뜨릴 뻔했다. 만나자고? 이렇게 갑자기? 답장을 재촉하듯이 깡충 뛰어가는 토끼 이모티콘이 올라왔다.

〈나 정인학원〉

〈나도 그 근처 다녀. 그럼 정인학원 입구 바로 옆에 카페에서 만날래?〉

나는 잠시 머뭇거리다가 답장을 보냈다.

〈그래〉

하지만 그 뒤로 오담은 답이 없었다. 그래서 언제 만나자는 거야? 메시지를 썼다가 지웠다. 조급해 보이는 건 내 취향이 아니다.

내가 왜 만나겠다고 답장을 보냈을까? 만나면 무슨 말을 하지? 학교에서도 아는 척해야 하는 건가? 급식실에서는? 온갖 생각이 꼬리에 꼬리를 물고 이어졌다.

학원 가는 길에 카페 안을 슬쩍 봤지만 교복을 입은 사람은 하나도 없었다. 사복을 입었을 수도 있지만, 고등학생으로 보이는 옷 잘 입은 남자는 한 명도 없다. 나는 잠깐 망설이다가 카페로 들어가서 레모네이드를 시키고 창가 자리에 앉았다.

남학생 한 명이 들어왔다. 하지만 오담은 아니었다. 뒤따라 여학생이 들어왔다. 둘 다 교복을 입고 있다. 여자애는 귀여운 인상이긴 한데 머리하고 신발이 좀 촌스럽다. 가방은 시장에서 산 건지 브랜드도 없는 것이다. 남자애는 중저가 메이커 신발을 신었다. 평범해 보이는 커플이다. 둘은 끝없이 대화를 했다. "이거 먹어 볼까, 밤 라떼? 너 밤 좋아해?" 하고 여자애가 묻자 남자애가 "아니 난 아침 좋아해"라고 했다. 너무 유치해서 픕, 웃음이 터졌다. 둘이 동시에 돌아봐서 나는 폰을 보는 척 고개를 숙였다. 뭐가 좋아서 저런 시답지 않은 말을 늘어놓는 걸까? 설마 오담도 저렇게 유치한 애는 아니겠지. 폰을 켜 봤지만 여전히 연락은 없다. 나는 항상 보던 케이티를 찾았다.

〈파티 가는데 같이 옷 고를래?〉

케이티는 바비인형 같은 팔다리를 흔들면서 검은 드레스를 입고 재킷을 입는다.

〈어때? 좀 답답해 보이지 않아?〉

다른 재킷으로 갈아입는다.

〈역시 이게 귀여운 것 같아, 네 생각도 그렇지? 신발은?〉

반짝이는 장식이 가득 달린 구두와 아무 무늬 없는 구두를 한 짝씩 신는다.

〈어떤 게 나아? 드레스가 밋밋하니까 구두로 포인트를 주는 게 좋을 것 같아, 그리고 이거, 겨우 십이 달러짜리야, 굉장하지 않아? 패션은 비싼 게 중요한 게 아니라니까, 그럼 여기 어울리는 가방은 뭐가 좋을까?〉

카메라를 돌리자 벽면 가득 가방이 걸려 있다. 케이티는 하얀 가방과 검은 가방을 들고 고심한다.

〈지금 나가야 해, 이미 늦었어, 하지만 나는 가방을 아직도 선택 못 하겠어, 어쩌지? 내가 무슨 가방을 들었을지 궁금하지?〉

화면은 끝난다. 다음 화면에서 케이티는 '결혼식 가는데 옷 좀 골라 줘!'라며 노란 드레스를 입었다가, 검은 드레스를 입었다가, 하얀 구두를 신었다가, '이건 결혼식에 맞지 않지?'라면서 다시 핑크색 드레스를 입고, '여기 끈이 있지, 이걸 수만 가지 방법으로 묶을 수 있어, 봐 봐, 스카프처럼 둘러도 되고, 리본을 매도 되고, 그냥 늘어뜨릴 수도 있어, 이건 유머 같은 거야'라면서 리본을 흔든다. 그리고 케이티는 '브런치를 먹으러 가는 패션은 뭐가 좋을까?'라든지 '이런 구두를 선물 받았는데 여기 어울리는 옷을 골라 보자'라든지 하며 끝없이 새로운 옷을 입는다.

한참 케이티 옷을 구경하는데 누군가 날 쳐다보는 느낌이 들었다. 고개를 들어 창밖을 보자 검은 형체가 쓱, 지나갔다. 혹시 오담이 밖에서 내 실물을 보고 마음에 안 들어서 가 버린 거 아냐? 여전히 메시지는 없다. 짜증이 났다. 대체 뭐 하는 새끼야. 가방을 들고 카페 문을 박차고 나왔다. 문 옆에서 검은 형체가 후다닥 지나가서 골목까지 따라가 보았지만 아무도 없다.

그날 밤, 다시 악몽이 시작되었다. 하얀 마네킹이 나오는 꿈.

"유정아, 학원 가기 전에 나랑 옷 사러 갈래?"

예린은 중학교 때 같은 반이었다. 그렇다고 잘 아는 사이는 아니다. 중학교는 거의 줌 수업만 해서 실제로 만난 건 몇 번 되지 않는다. 줌 수업에서는 사복을 허용해서 나는 오히려 좋았다. 매일 교복만 입고 사는 건 지루해서 사람을 미치게 만드는 신종 고문 같다. 밖에 나가지 못해도 별로 상관없었다. 인터넷 쇼핑몰로 사고 싶은 옷을 다 사고, 집에서 입을 수 있으면 그걸로 충분했다. 고등학생이 되고 학원에서 다시 만난 예린은 정말 반가운 표정으로 인사했다. 나는 당황했지만 얼른 똑같이 반가운 표정을 만들어서 인사했다.

"나 진짜 뭘 사야 하는지 모르겠어. 너는 옷 잘 입잖아."

"진짜? 고마워."

옷 사러 갈 기분은 아닌데. 며칠 동안 학원에 가기 전 카페에 들렀지만 오담은 한 번도 나타나지 않았고, 그날 이후로 계속 악몽을 꿔서 기분이 좋지 않았다. 그렇지만 친구라면 친절하게 대해야 하는걸. 어쩔 수 없이 상냥한 얼굴로 고개를 끄덕였다. 예린은 과도하게 환하게 웃었다. 저런 얼굴은 어떻게 연습해야 되는 걸까.

"나 진짜 살쪄서 입을 게 하나도 없거든!"

"살쪘다고? 아닌데?"

나는 장난을 치는 척하며 예린을 한 바퀴 훑어봤다. 살이 쪘다는 건 거짓말이다. 중학교 때보다 키가 한 뼘은 더 자란 것 같고, 여성스러운 굴곡이 생겼다.

"그럼 이따 학원 수업 전에 가는 거다? 엄마가 요새 집에 잘 없어서 같이 갈 사람이 없거든, 진짜 고마워!"

예린이 말하고 돌아서자마자 나는 얼굴을 지웠다. 확실히 예린이는 아직 애 같다. 다른 여자애들은 내가 예쁘다고 생각해도 절대로 말로 표현하지 않는다. 슬쩍 흘겨보거나, 새로 샀어? 라면서 메이커를 확인해 보거나, 날을 세운 고양이 발톱 같은 손길로 쓰다듬거나, 하는 식이다. 그런 반응도 좋지만 예린 같은 반응은 신선해서 좋다.

며칠 사이에 얼굴이 많이 안 좋아졌어, 무슨 일 있어?

친구와 함께 있는 건 처음 본다. 넌 항상 혼자 다니잖아.

친한 친구야?

네 표정을 보니까 아닌가 봐, 그런 얼굴은 들키지 않게 해야지. 넌 항상 친절하고 상냥한 아이잖아. 예쁜 아이는 그런 얼굴 하면 안 되잖아.

학원 가는 길에는 옷 가게가 몰려 있는 거리가 있다. 대로변으로 가면 바로 학원으로 가지만 나는 보통 이 길로 돌아서 간다. 비싼 브랜드 매장도 있고, 편집숍도 있다. 예린에게 돈이 얼마 있냐고 물었더니 십만 원이 있다고 해서 스파 브랜드로 데려갔다. 백화점에서는 티셔츠 한 장도 못 살 거고, 구제 매장에선 스타일이 확실하지 않으면 선택지가 별로 없으니까. 스파 브랜드 매장은 삼 층으로 된 건물이다. 나도 자주 가는 곳인데, 보통 가볍게 입을 것을 산다. 기분 전환용으로 한두 달 정도 입는 옷들. 신상이 달마다 나오는 곳.

"우와! 나 여기 처음 와 봐."

"처음 왔다고?"

같은 반 애들 중에는 비싼 운동화를 신는 애도 있고, 비싼 가방을 메고 다니는 애들도 있다. 교복 말고 보이는 모든 것이 명품인 애도 있다. 예린은 패션에는 전혀 관심이 없는 아이다.

"유정아, 여기서 뭘 사면 돼?"

"사고 싶은 걸 사면 되지. 일단 맘에 드는 거 전부 골라 봐."

"전부?"

"응, 그리고 입어 보고 그중에서 골라서 사."

"응!"

예린이 신난 발걸음으로 달려간다. 나는 신상품 위주로 살펴봤다. 파스텔 계열의 골지 니트가 녹아내릴 것처럼 부드러웠다. 색깔은 총 다섯 개고 데님블루와 올리브그린이 괜찮다. 살까? 하고 올리브그린을 집었을 때 하얀 얼굴이 나에게 훅, 다가왔다. 깜짝 놀라 뒤로 넘어질 뻔했다. 하지만 그건 오프숄더 티셔츠를 입고 어깨에 니트를 걸친 마네킹이었다.

지난달에 신상으로 나왔던 티셔츠 몇 개는 할인 표지를 달았다. 나는 이미 색깔별로 가지고 있다. 한 달 사이에 반값이 되어 버린 걸 보자 짜증이 몰려왔다. "시발, 존나 구리네. 집에 가자마자 찾아서 버려야겠어." 하고 혼자 중얼거리고 있는데 예린이 옷을 한가득 들고 왔다.

"이만큼 골랐어!"

웃음이 쿡, 났지만 얼른 고개를 돌리고 표정을 지웠다.

"잘 골랐네, 이 층에 가면 탈의실 있어. 가자."

예린이 집어 온 옷들은 전부 제멋대로다. 아무리 봐도 상의와 하의는 매칭할 게 없다. 캐주얼한 것도 아니고 클래식한 느낌도 아니고, 보지도 않고 잡히는 대로 가져온 것 같다. 나는 웃음을 참으면서 아무거나 잡아서 탈의실 안으로 넣어 줬다.

"이거랑 이거 입어 봐, 스트라이프 셔링 셔츠랑 A라인 스커트가 잘 맞을 것 같아."

꼭 인형놀이 하는 것 같네. 넌 어릴 때부터 인형 옷 입히는 놀이를 제일 좋아했잖아.

인형 옷을 넣어 두는 옷장도 여러 개 있었지? 옷이 아주 많아서 절대 질리는 법이 없었지.

머리도 이렇게 저렇게 묶어 주고. 엄마가 너에게 해 줬던 것처럼 말이야. 그때부터 넌 예쁜 것을 좋아하게 된 거지?

그런데 너는 화가 나고 짜증이 나는 날엔 꼭 바비한테 켄 옷을 입혔잖아. 못생겨져, 이 나쁜 계집애, 하면서. 팔다리도 막비틀었지. 머리도 초록색 물감으로 칠해 버렸잖아?

어릴 때부터 난 가지고 싶으면 다 가질 수 있었다. 바비인형에 옷을 입히다가 싫증이 나면 가위로 자르거나 몰래 버렸다. 그럼 엄마는 언제든지 새로 사 줬다. 조금더 커서도, 장난감이든 옷이든 신발이든 갖고 싶다고 말하면 언제나 사 줬다. 갑자기 왜 옛날 생각이 난 거지?

"이렇게 입는 거 맞아?"

예린이 탈의실에서 나오자 나는 그 까닭을 알았다. 이건 꼭 인형 옷 입히기 놀이 같다. 가장 못생기게 입히는 인형 놀이. 나쁜 계집애, 하면서 팔다리를 비틀어도 바비는 다시 늘씬한 모습으로 되돌아왔다. 남자 옷을 입히고 머리를 초록색으로 색칠해도 바비는 예뻤다. 지금 저 애처럼.

"응. 잘 어울려."

머릿속을 떠도는 바비인형을 지우려고 고개를 돌리고 다른 옷을 뒤적였다. 아무렇게나 잡히는 대로 건네고 다시 예린을 탈의실로 밀어 넣었다. 거울을 보았다. 얼굴이 묘하게 달라진 것 같아 자세히 보니 코가 비뚤어졌다. 엄마는 내 코를 꽉 잡고 말했다. 아빠 코 닮으면 안 되는데. 나는 말했다. 엄마 코 닮았는데? 엄마는 대답했다. 그럼, 내 코처럼 높고 뾰족해질 거야. 거울 속 내가 점점 변하기 시작한다. 나는 얼굴을 지우려고 눈을 감았다. 하지만 다시 눈을 떴을 때 얼굴은 더 망가졌다. 비뚤어지고 주저앉은 코. 처진 눈꺼풀. 이마의 주름과 인중에 거뭇한 털. 바비인형에 그렸던 얼굴이 내 얼굴 위로 그려진다. 손으로 얼굴을 비볐다. 미처 얼굴을 다 지우기도 전에 예린이 나왔다. 아무렇게 골라 준 연두색 바지와 화이트 브이넥을 입고. 이런 것도 잘 어울리네, 나는 말하면서 뒤돌아 티셔츠 하나를 바닥에 내던졌다.

"유정, 화났어?"

예린이 묻는다. 나는 한숨을 크게 쉬었다. 그제야 얼굴이 되돌아왔다.

"아니, 이 티셔츠 너무 별로지 않니? 마감도 구리고, 색깔도 애매해. 이건 사지 말자."

활짝 웃어 보이자 예린은 고개를 크게 끄덕였다. 뭘 입어도 잘 어울리는 저런 애, 진짜 싫다.

아줌마가 또 현관에 나왔다. 또 택배가, 하는 말을 끊고 핸드폰이 울렸다. 나는 대답하지 않고 폰을 들여다보면서 방으로 들어왔다.

〈미안, 연락 많이 기다렸지?〉

오답이다. 답장 안 할 거야. 미친 새끼.

〈엄마가 갑자기 쓰러지셨어. 며칠 동안 응급실에 있어서 연락 못 했어.〉

〈뭐? 정말이야? 어떡해, 많이 아프셔?〉

〈아니. 근데 지금 응급실인데 병원비를 못 내고 있어.〉

〈병원비?〉

〈엄마가 최근에 지갑을 잃어버려서 카드를 전부 재신 청했거든. 주변에 은행도 없고. 어떡하지?〉

〈너는 카드 없어?〉

〈내 신용카드도 엄마가 착각하고 정지시켰대. 너 혹 시 지금 돈 있으면 좀 빌려줄 수 있어?〉

〈어?〉

부옇게 빛나는 핸드폰 화면을 잠시 멍하게 내려다보 았다. 갑자기 돈을 빌려달라니. 하지만 오담이 나한테 빌릴 정도면 얼마나 급한 상황일까? 엄마가 쓰러져서 놀란 데다가 돈도 없으면 정말 힘들 것이다. 힘들 때 옆 에 있어 주고 도와주는 게 진짜 친한 친구라고 했다. 오 담은 날 진짜 친한 친구로 생각해서 연락한 것이다.

〈얼마?〉

〈되는 대로. 일단 퇴원하려면 조금이라도 계산을 해 야 한대.〉

머뭇거리는 사이 메시지가 왔다.

〈삼십만 원 정도?〉

〈그거면 돼?〉

병원비가 얼마나 하는지 모르지만 생각보다 많이 비싸진 않았다. 삼십만 원이면 한두 번 쇼핑하는 정도다.

〈진짜 고마워!〉

오담이 보낸 계좌번호로 돈을 이체했다. 이제 진짜 친구가 된 걸까? 나는 마음이 설렌다는 느낌이 들었다. 처음으로 바비인형을 가졌을 때처럼 내 것이 생겼다는 느낌. 다시 폰을 켜서 메시지를 보냈다.

〈퇴원하시면 연락해. 이번엔 진짜 만나?〉

공부가 남았지만 마음이 들떠 올라서 문 앞에서 택배 상자를 가져와 열었다. 니트 몇 개와, 비비드한 컬러의 바지를 샀다. 나중에 오담을 만날 때 입을 만한 걸로 더 사야 할 것 같다. 잠들기 전까지 답장이 오지 않았다. 이상한 느낌이 들었다. 폰을 켜서 인스타를 확인했다. 사용자를 찾을 수 없음. 오담은 나를 차단했다.

자고 있는 나를 느낄 수 있는 자각몽이다. 달각, 달각 소리가 들린다. 하얀 마네킹이 걸어온다. 오지 마, 소리를 지르고 싶지만 목소리가 나오지 않는다. 으으으, 겨우 신음만 낸다. 하얀 얼굴이 나를 내려다본다. 하얀 얼굴은 표정이 없다. 하지 마, 소리를 지르려고 노력해도 소리가 나오지 않는다. 하얀 손을 내밀어 내 목을 잡는다. 벗어나려고 해도 손가락 하나 발가락 하나 움직일 수가 없다. 하얀 손이 목을 잡아 숨이 쉬어지질 않는다. 겨우 손을 뻗어서 마네킹의 얼굴을 잡는다. 저리 가, 소리는 여전히 나오지 않는다. 손가락에 힘을 주어 마네킹의 얼굴을 짓뭉갠다. 얼굴은 마치 종이처럼 구겨진다. 구겨진 틈새로 붉은 핏물이 흐른다. 내 얼굴 위로 뚝뚝 떨어진다.

겨우 잠에서 깼다. 숨이 잘 쉬어지지 않아서 가슴이 들썩이게 몇 번 숨을 들이마셨다. 어릴 때 말고는 이렇게 가위에 눌린 적이 없었다. 땀으로 옷이 흠뻑 젖었다. 옷을 갈아입으려고 불을 켰는데 침대에 핏자국이 있었다. 얼른 속옷을 확인했다. 생리다.

엄마는 마네킹 구경하는 것을 좋아했다. 우리는 쇼윈도 앞에 나란히 서서 날마다 새 옷으로 갈아입은 마네킹을 구경했다.

"이 수많은 옷 중에서 제일 예쁜 걸 입혀 주는 거야, 그러니까 얘는 제일 좋고 예쁜 걸 입을 수 있는 특별한 애야. 유정이도 이렇게 특별하고 예쁜 애야, 알겠지?"

나는 항상 엄마가 제일 예쁘다고 생각했다. 마네킹처

럼 얼굴이 하얗고 팔다리도 길었다.

엄마와 아빠는 싸우는 날이 점점 잦아졌다. 내가 잠들었다고 생각했는지 둘은 소리를 지르면서 싸웠다. 잠이 들었다가 싸우는 소리가 들리면 악몽이 시작되었다. 하얀 마네킹이 쨍그랑 소리를 내면서 유리를 깨고 쇼윈도에서 탈출하는 꿈, 덜컥덜컥 거리를 걸어 다니는 꿈, 그러다 나에게 다가와서 하얀 얼굴로 날 바라보는 꿈, 하얀 손이 날 잡는 꿈, 그런 꿈이 끝없이 이어지고, 다음 날 엄마는 나에게 많은 것을 사 줬다.

"미안해, 엄마가 미안해. 지금은 유정이가 이해하지 못하더라도 어른이 되고 나면 이해할 수 있을 거야. 알겠지? 유정이는 특별하고 예쁜 아이니까."

하지만 엄마의 얼굴은 점점 마네킹을 닮아 갔다. 아무 표정이 없는 얼굴. 허공을 바라보는 공허한 얼굴.

이혼가정이라는 건 아무것도 아니다. 요새는 이혼율이 높아서 꼭 부모 둘과 살지 않기도 하고, 재혼해서 친부모와 살지 않는 아이도 많다. 엄마는 지금 이해하지 못하더라도 어른이 되면 이해할 수 있을 거라고 했지만 나는 그때도 지금도 충분히 이해할 수 있다. 사귀는 사이에서도 무수하게 헤어지는데, 결혼한 사이에서도 얼마든지 헤어질 수 있겠지. 다만 엄마의 마네킹 같은 얼굴을 보고 싶지 않았다. 그래서 아빠와 살겠다고 말했다. 엄마는 잠깐 사람의 얼굴로 슬퍼하는 것처럼 보였지만 곧 마네킹처럼 무표정한 얼굴로 되돌아왔다. 아빠는 중소기업 대표라서 집에서 얼굴을 볼 수 있는 날이 거의 없었다. 카드나 현금을 항상 식탁에 놔 주었다. 그거면 충분했다. 다른 건 별로 필요하지 않았다.

처음 생리를 시작한 것은 초등학교 6학년 때이고, 나는 인터넷으로 모든 것을 찾아서 혼자 해결했다. 배가 아플 때 먹는 약, 핫팩으로 찜질하는 법, 생리대의 종류와 처리 방법, 그러다 생리파티라는 것을 알게 되었다. 부모가 생리를 시작한 딸에게 선물을 해 주는 것이라고 했는데, 그때 이미 엄마는 따로 살기 시작했기 때문에 나는 혼자 백화점에 갔다. 엄마랑 그랬던 것처럼 마네킹을 구경하면서 혼자 백화점 안을 돌아다녔다. 누군가 말을 거는 것 같은 느낌이 들었다.

엄마랑 비슷하다, 네 얼굴. 점점 엄마랑 닮아 가네.

하지만 아무도 나에게 말을 거는 사람은 없었다. 이

리저리 고개를 돌려보았지만 내 앞에는 하얀 마네킹이 서 있을 뿐이었다. 그 애가 입은 옷을 그대로 샀다. 그때부터 악몽은 사라졌다.

생리통이 심해서 겨우 학교에 갔다. 화장실 가는 길에 남자애 둘이 뛰어가다가 뒤에서 어깨를 부딪쳤다. 어깨보다 배가 아파서 잠깐 벽을 짚고 섰다. 그러자 뛰어가던 남자애 하나가 되돌아왔다.

"괜찮아? 미안."

나는 겨우 고개를 들었다. 이름표가 한눈에 들어왔다. 오담.

"너야?"

"어, 다쳤어?"

"네가 오담이냐고?"

"어? 어. 왜?"

헛웃음이 터져서 쿡쿡 웃었다. 오담이 영문을 모르겠다는 표정으로 나를 바라본다. 저 얼굴, 인스타에서 보던 그대로다.

"야, 사기 치고 다닐 거면, 얼굴은 좀 가리고 다녀라."

"무슨 말이야?"

"미친 새끼."

"야, 미친 새끼?"

"지난주에 돈 보내 줬잖아, 사기 친 것도 기억 안 나냐?"

"네가 언제? 너 누군데?"

"삼십만 원이 없어서 그러고 사니? 정말 불쌍하다."

오담의 얼굴이 새빨개진다.

"너… 혹시 인스타 얘기하는 거야?"

옆에 있던 남자애가 끼어들어서 말했다.

"야, 그거 가짜야. 오담 아니고 사기 계정이라고."

"사기 계정? 너네 너무 수준 떨어진다. 거짓말하려면 좀 제대로 해라. 네가 보낸 거 아니라고? 엄마나 팔아먹고? 그런 건 유치원생도 하겠다."

"야 나도 미치겠다고! 너 누구냐고!"

6반 선생님이 달려왔다. 교무실에서 자초지종을 들은 선생님은 내 휴대폰에 저장된 메시지를 전부 캡쳐해 갔다. 오담 부모님과 얘기하고 알려 준다고 했다. 오담은 엄마가 이미 사기 계정으로 신고했다고 했다.

생각해 보면 처음부터 이상했다. 오담은 중앙고 1학년이라는 것 말고는 몇 반인지, 무슨 학원을 다니는지 말한 적이 없었다. 응급실에서 며칠씩 입원을 한다는

것도 이상했고, 그 사이에 은행을 갈 시간이 없다는 것
도 이상했고, 아니 애초에 한 번도 본 적 없는 사람한테
돈을 빌린다는 것 자체가 말이 안 되는 일이었다. 본 적
도 없는 나한테 예쁘다고 말한 것도. 그 말을 듣고 플러
팅이라고 생각하면서 혼자 얼굴이 붉어졌던 내가 끔찍
하게 싫다. 존나 병신 같다. 그렇다면, 그건 누구지? 나
는 누구와 대화를 한 거지? 누가 날 그렇게 잘 알고 있
는 거지?

그날, 학원에 가는 길이었다. 누군가가 나를 따라온
다는 느낌이 자꾸 들었다. 옷 가게 앞 유리창을 지날 때
내 뒤로 바싹 붙은 검은 형체가 비쳤다. 검은 마스크에
검은 모자를 쓰고 후드를 뒤집어썼다. 확실히 오담이
아니다. 체형이 전혀 달랐다. 일부러 천천히 걷자 나를
뒤따라 속도를 늦추는 것이 느껴졌다. 카페 앞에서 신
메뉴를 붙여 놓은 포스터를 살펴보는 척하면서 멈추자
검은 형체도 멈춰 섰다. 학원 유리문 앞에 다다라서 문
을 잡았다. 문을 열 수가 없었다. 유리문에 비친 검은 형
체가 휴대폰을 꺼냈다. 그리고 내 폰이 울렸다. 나는 떨
리는 손으로 주머니에서 폰을 꺼냈다. 새 메시지.

〈넌 오늘도 예쁘네?〉

나는 천천히 고개를 들었다. 유리문에 비친 검은 형체의 얼굴이, 휴대폰 불빛을 받아 어스름하게 비쳤다. 검은 눈동자가 날 노려보았다. 나는 다시 폰을 주머니에 넣었다. 손이 너무 떨려서 휴대폰의 무게도 견디기 힘들었다. 유리문을 열고 건물 안으로 들어가는 척하다가 계단 옆문으로 나와서 달렸다.

한참을 달렸다. 저녁 시간이라 거리에는 사람이 붐볐다. 불이 환하게 켜진 옷 가게로 들어갔다. 옷을 고르는 사람들 사이로 숨어서 창밖을 봤지만 누군가 따라오는 것 같지는 않았다. 잡히는 대로 옷을 집어서 이 층 탈의실로 들어갔다. 심장이 너무 빠르게 뛰어서 그대로 주저앉았다. 다시 마네킹이 걸어온다. 하얀 얼굴이 다가온다. 그 하얀 얼굴에 눈동자만 검게 빛난다. 하얗고 얇은 손가락을 내 어깨에 얹는다. 이거 놔, 이거 놔! 소리치고 싶은데 소리가 나오지 않는다. 얼음같이 차가운 손이 내 어깨를 잡는다. 차가운 물방울이 등을 타고 주르륵 흘러내린다. 쾅쾅쾅, 심장이 내 몸을 뚫고 나갈 정도로 세게 울린다. 쾅쾅쾅, 겨우 눈을 떠보니 문밖에서 들리는 소리다.

"마감 시간이라고요, 계산하실 거예요?"

탈의실 문을 열고 기어 나오자 여직원이 서서 나를 내려다보며 무표정한 얼굴로 말한다. 나는 고개를 끄덕이며 옷을 건넸다. 옷이 조금 젖어 있었다.

한동안 학교도 학원도 가지 못했다. 1학년이 끝나고 겨울 방학 내내 집안에만 있었다. 문밖에 나가면 누군가 쫓아올 것 같아서 나갈 수 없었다. 인터넷으로 인스타 사기 피해, 스토킹 등을 검색하자 수많은 변호사 광고만 떴다. 자주 가는 패션 커뮤니티에 글을 올리자 댓글이 달렸다.

〈어차피 못 받아요, 소액이라.〉

〈경찰도 피해 금액이 적으면 신경도 안 쓰더라고. 그런 사건은 하루에 몇백 건씩 일어나서.〉

〈조심했어야지, 쯧쯧.〉

〈변호사 비용이 더 들겠네 ㅋㅋㅋㅋ〉

〈스토킹이라니 무섭겠다, 조심히 다녀. 너무 튀는 옷입지 말고.〉

도움이 되는 말이 하나도 없다. 인스타로 사기를 당해서 돈을 잃는 것은 며칠 짜증이 나고 말 일이다. 하지만 내가 어느 학교에 다니고 몇 시에 학원을 가는지, 어떤 길로 다니는지 모두 알고 있다는 생각을 하면 몸서리치게 두렵다. 내가 뭘 잘못한 걸까, 나는 그저 예쁜 옷을 입고 사진을 찍은 것밖에 없다. 그건 전 세계의 수백만 명이 매 순간 하고 있는 일이다. 모두가 자기 옷을 찍어서 올리고 모두에게 보여 준다. 그런데 왜 나에게만 이런 일이 일어난 거지? 아무리 생각해도 알 수가 없었다. 밤에는 악몽을 계속 꾸었다. 잠이 들지 못해서 밤새 쇼핑몰을 돌아봤다. 옷과 가방을 계속 시켰다. 옷장이 점점 작아져서, 옷을 넣어 둘 곳이 없었다. 의자도 침대도 전부 옷으로 쌓였다. 문 앞에도, 책상 밑에도, 뜯지 않은 상자가 가득하다.

아줌마가 방으로 들어왔다. 나는 이불을 쓰고 돌아누웠다.

"괜찮니? 잠깐 아줌마랑 얘기 좀 할래?"

대답하지 않았다.

"이거 정리하는 것 좀 도와줄까?"

바스락거리는 소리가 들린다. 아, 시발.

"만지지 마세요."

"이렇게 있으면 안 돼. 먼지 때문에 목도 안 좋아져."

"내가…."

"어? 같이 할래?"

베개. 손에 가장 먼저 잡힌 것이 베개다. 나는 할 수 있는 한 제일 세게 베개를 던졌다. 그리고 침대 위에 있던 옷들. 가방들. 던져도 던져도 끝이 없어서 다행이다.

"그만해!"

"내 방에 막 들어오지 말랬지!"

내가 소리를 지르자 아줌마도 소리를 질렀다.

"너 쇼핑중독이야. 지금 이게 정상이야? 아직 고등학생이!"

"엄마인 척하는 거야?"

드디어 아줌마가 말을 멈췄다.

"당신들은 뭐가 그렇게 쉬워? 재혼하면 그냥 엄마가 되고 그런 거야?"

나는 이불을 젖히고 일어났다. 상자가 발에 걸려서 그대로 밟아 버렸다. 상자가 푹 꺼지며 찢어졌다.

"그렇게 단순한 거냐고! 내가 엄마 해 달랬냐고!"

"유정아, 그렇게 말하면 안 돼. 아무리 내가 싫어도… 악!"

아줌마는 갑자기 소리를 지르더니 겁에 질린 얼굴로 뒷걸음질 치며 밖으로 나갔다. 내려다보니 내 손에 가위가 들려있다.

"나 좀 혼자 내버려두세요. 부탁이에요."

다시 상냥한 목소리로 방문 밖에 대고 말했다. 나는 가위를 들고 옷을 잘랐다. 맘에 안 드는 옷들을 전부 잘랐다. 옷이 너무 많아서 끝이 없었다. 이 방에 있는 것이 모두 마음에 들지 않았다. 한순간 쓰레기가 되어 버릴 티셔츠들, 반짝이는 척하면서 나를 노려보고 있는 액세서리, 모두 예쁘다고 날 속이는 거짓말 같은 가방과 신발들. 그중에 제일 싫은 것은 나다. 나는 내가 싫다. 누구에게도 사랑받지 못할 것 같다. 나는 아무것도 해낼 수 없는 싸구려 티셔츠와 같다.

방 안은 파랗고 빨간 옷 조각들로 가득 찼다. 멈추고 싶은데 멈출 수가 없어서 계속 가위질을 했다. 그날 밤, 아빠는 내게 주었던 카드를 정지시켰다.

2학년 1학기 중간고사 성적이 나왔다. 1, 2등은 아니어도 항상 5등 안에는 들었는데, 20등 밖으로 밀려났다. 하지만 나는 아무 느낌이 없었다. 아줌마는 학원에 등록해 놓았으니 다시 다니라고 했다. 하지만 학원에 가지 않고 종일 돌아다녔다. 길거리에 서서 사람들을 구경했다. 브랜드 가방을 멘 여자애들이 지나갔다. 비슷한 옷을 입은 남자애 둘이 뛰어갔다. 아줌마들은 대체로 머리가 짧고 아저씨들은 모자를 썼다. 금발로 염색한 여자는 구두에 뭐가 묻었는지 길거리에 서서 물티슈로 신발을 닦았다. 꽃무늬 블라우스를 입은 할머니가 개를 태운 유모차를 밀며 갔다. 할머니들은 대부분 검은 구두를 신는다. 고등학생들은 대부분 하얀 운동화를 신는다. 아이들은 불빛이 반짝이고 빽빽 소리를 내는 신발을 신는다. 엄마들은 아이와 커플로 맞춘 옷을 입는다. 하지만 사람들은 표정이 없다. 모두 공허한 표정으로 바쁘게 간다. 어디로 가는 걸까. 나도 어디로 가야 할 것 같은데 갈 곳이 없어서 또 정처 없이 걸었다. 옷가게 마네킹 앞에 섰다. 마네킹은 오늘도 제일 좋은 옷을 입었다. 마네킹은 가짜이면서 항상 제일 예쁜 옷을 입고 가장 앞에 서 있다. 한 달 후면 반값이 되어 버릴 것. 고작 몇 달이 지났을 뿐인데 세상은 나를 잊은 것 같다. 나는 반값이 되다 못해 더 이상 팔 수도 없는 폐기물이 된 기분이 들었다.

예뻐 보이고 싶다는 건 본능적인 거잖아. 인간은 결국 동물이니까. 겉모습보다 내면의 아름다움이 더 중요하다는 건 너무 먼 얘기 같지 않니?

더 멋진 것을 입어야 내가 멋진 사람이 될 거야. 그런 마음은 누구에게나 있어.

지금 날 보는 네 눈은 꼭 세상에서 가장 미워하는 사람을 보는 것 같은 표정이네. 시기와 질투와 미움으로 마음속에 불이 붙어 버린 표정. 조금만 더 뻗으면 닿을 것 같은데 고작 한 뼘이 모자랄 때의 표정. 왜 나를 미워하는 거니?

사고 싶은 걸 사. 너도 알다시피, 그럼 기분이 꽤 나아지잖아? 아무도 미워하지 않아도 되고 말이야. 널 위해서 그러는 거야.

카드도 용돈도 모두 끊어 버려서, 더 이상 아무것도 살 수 없다. 엄마라면 그러지 않았을 거다. 갖고 싶은 것은 모두 사 주었을 것이다. 화를 내고 떼를 쓰면 인형이든 공주 옷이든 뭐든지 사 주었으니까. 그래서 나는 화가 나고 짜증이 날 때 물건을 사는 법밖에는 알지 못한다. 다른 방법은 배운 적이 없다. 그래서 이제 할 수 있는 게 없다.

쇼윈도에 비친 마네킹 뒤로 그 아이가 지나갔다. 예

린이다. 못 본 사이에 스타일이 많이 변했다. 요즘 제일
유행하는 그래니룩이다. 할머니가 입었던 옷을 물려받
은 것 같은 스타일. 꽃무늬 주름치마에, 꽈배기 패턴으
로 짜인 스웨터를 입었다. 신발은 앞코가 넓게 빠진 카
키색인데 더티 워싱을 한 것 같다. 쟤가 어떻게 저런 걸
알고 입었지?

갑자기 무언가가 몰려왔다. 내 안에 무엇이 가득 차
서 터질 것 같다. 가슴이 시려지면서 따가운 무언가로
찌르는 느낌이다. 아무리 찔러도 마음속의 무엇이 터지
지 않고 점점 커진다. 나는 눈앞에 보이는 액세서리 가
게로 들어갔다. 머리핀을 대보는 척하다가 묶은 머리
사이로 밀어 넣었다. 여학생 대여섯 명이 몰려 들어와
서 그 틈을 타서 빠져나왔다. 한참을 달렸다. 아무도 없
는 곳에서 머릿속을 헤집어 핀을 꺼냈다. 그제야 마음
속의 풍선이 가라앉았다.

외로움을 잠재우는 방법은 갖고 싶은 걸 가지는 것
이다. 가지지 못하면 정말 큰일이 날 것 같아서 나도 어
쩔 수가 없다. 지금 내 것이 되지 않으면 머리가 폭발해
서 미쳐 버리고 말 것 같다. 세상이 멸망해 버릴 것 같
다. 그래서 나는 편의점에서 사탕을 주머니에 슬쩍 넣

고, 화장품 가게에서 아이섀도를 교복 블라우스 틈으로 넣었다. 티셔츠 몇 개를 겹쳐 탈의실로 들어가서 그중에 하나를 가방에 넣었다. 그러고 나면 겨우 외롭지 않았다.

네 얼굴은 꼭 나 같아.

사람들은 생각이나 해 봤을까?

매일 새로운 옷으로 갈아입어야 하는 삶을. 매일 누군가가 나를 쳐다보는 삶을. 얼굴을 지우고 텅 빈 눈동자로 한 곳을 바라보는 하루하루를 사는 삶을.

너는 점점 나와 닮아 가는구나. 영혼 없는 빈 껍데기. 입고 싶지 않은 옷을 걸친 마네킹.

훔치는 건 금방 익숙해졌다. 별로 어렵지 않다. 공부와 비슷해서 유형을 파악하면 그만이다. 수다스러운 옷 가게 주인들은 손님에게 상냥한 얼굴을 하고 끝없이 말한다. 너무 잘 어울려요, 진짜, 딱 언니 거네, 이것도 한번 입어 봐요, 하는 사이에 품에 넣고 나오면 된다.

바깥 매대에 걸린 티셔츠가 마음에 드는 옷 가게로 들어갔다. 이것저것 고르는 척하다가 티셔츠 하나를 등

과 가방 사이로 끼워 넣고 나왔다. 누가 부르는 소리가
들렸다.

"유정아, 다시 학원 나오는 거야?"

"아, 안녕?"

"계속 학원 안 와서 걱정했어."

예린은 전과 비슷한 그래니룩을 입고 있다. 푸른색
스웨터에 빛바랜 체크무늬 셔츠를 입었다. 나도 모르게
손을 내밀어서 스웨터를 만지려다가 얼른 손을 치웠다.

"응, 조금 아팠는데 이제 나았어."

"진짜? 괜찮아?"

"괜찮다니까."

"있잖아, 잠깐 얘기 좀 할래?"

예린이 내 팔을 잡자 나도 모르게 탁, 내리치고 말았다.

"아, 미안. 난 할 얘기 없는데."

"있잖아, 나 아까 옷 가게에서 너 봤는데…."

예린은 할 말이 남았는지 머뭇거렸다.

"그래? 잠깐 구경했어. 잘 가."

내가 어떤 얼굴을 하고 있나, 슬쩍 얼굴을 만져 보았
다. 아무것도 느껴지지 않는다. 상냥한 얼굴을 해야 하
는데, 요즘은 그게 잘 안된다.

"잠깐만 나랑 좀…."

예린이 팔을 잡는다. 뿌리치려고 해도 꽉 쥐고 놓지 않는다.

"이거 놔!"

"유정아, 진짜 너 할 말 없어?"

"없다고!"

몸을 빼내려고 하다가 등에 끼워 놓은 티셔츠가 떨어졌다.

"나, 전에도 너 봤어. 오늘도 편의점이랑 화장품 가게 가는 것도 봤고."

"그래서 뭐? 어쩌라고?"

"우리 예전에 친했잖아. 요새 무슨 일 있어?"

예린이 다가온다. 다가오는 예린의 얼굴이 점점 새하얗게 변해 간다.

"오지 마! 오지 말라고!"

나는 달렸다. 사람인 척하는 마네킹들 사이로 달렸다. 바르면 사랑받을 수 있다는 화장품을 바른 가짜들, 입으면 멋진 사람이 될 수 있다는 옷을 걸친 가짜들, 명품을 베껴서 만든 싸구려 가짜들, 갑자기 엄마가 된 척하는 가짜 엄마, 운동화를 좋아하는 남학생 행세를 하며 돈을 뜯어내는 가짜 환심, 옷을 함께 골라 주며 다정한 척하는 가짜 친구, 세상은 온통 사람인 척하는 마네킹으로 가득한 가짜 같다.

저 아이도 가짜일 거다. 내 뒤를 따라오는 저 애가, 나에게 친구인 척하는 저 애가 진짜일 리 없다. 하얀 손이 내 어깨를 잡는다. 돌아보니 하얀 얼굴이 훅 다가온다. 예린의 얼굴에 내 얼굴이 비친다. 하얀 마네킹 얼굴에 내 얼굴을 겹쳐 보던 것처럼, 예린의 얼굴이 내 얼굴이 된다. 얼굴을 잡았더니 종이처럼 바스락 구겨진다. 그 틈에서 피가 흘러내린다. 눈물 같은 피가 뚝뚝 흐른다. 나는 무너져 내렸다.

"나 좀 도와줘."

내가 말하는 것 같지 않은 목소리가 흘러나왔다.

"나도 이러고 싶지 않아. 나도 멈출 수가 없어. 나 좀 도와줘. 나 좀 살려 줘."

내가 이런 목소리로 말한 적이 있었나. 눈이 감겼다.

"괜찮아?"

눈을 떠 보니 벤치였다. 예린의 말로는 내가 쓰러져서 벤치에 앉혔다고 했다. 예린도 놀라서 구급차를 부르려는 사이 내가 눈을 떴다고 했다.

"병원 갈래? 어지러워? 구급차 부를까?"

예린이 두 손으로 내 이마와 볼을 짚었다. 시원하면서 동시에 포근했다.

"걸을 수 있겠어?"

"응, 나 집에 좀 데려다줄 수 있어?"

예린이 내 손을 꽉 잡았다.

"그럼, 당연하지. 어디로 가면 돼?"

그 손을 놓고 싶지 않았다. 한참 돌아가는 개천 산책로로 갔다. 최대한 천천히 걸었다. 나는 말을 하지 않았지만 예린은 끝없이 말을 했다.

"우리 집에 고양이 생겼다? 너 고양이 키워 본 적 있어?"

개천의 비릿한 물 냄새가 바람을 타고 풍겨 왔다.

"고양이가 문 앞에서 매일 할머니 기다렸대. 강아지 같지 않아? 요새는 내가 집에 들어가면 자다가 얼른 뛰어나온다?"

개천 풀숲 사이로 무언가 부스럭거리다가 푸드덕 날아갔다.

"그리고 엄청 오래된 옷장도 생겼어. 그때는 옷장이 집 한 채 값이었대. 진짜 이상하지?"

내가 대답하지 않아도 예린은 괜찮다는 듯이 잠깐씩 나를 보면서 눈을 맞추었다.

"뭐 마실래?"

예린은 편의점에 들어가서 콜라를 사 왔다. 편의점 의자에 나란히 앉았다.

"이것도 할머니 옷장에서 발견한 옷이야. 되게 오래된 거래."

나는 예린의 푸른 스웨터를 만져 보았다. 처음 만져 보는 느낌이었다. 옷에서 달콤한 냄새가 났다.

"너한테 말을 못 했는데, 사실은 할머니가 돌아가셨어."

"어?"

"응. 방학 때라서 애들한테는 얘기 안 했어."

"아, 미안. 아니, 고인의 명복을 빕니다."

"고마워."

예린이 다시 일어나 걸었다. 나도 따라 걸었다. 봄 냄새가 안개 속에 진동했다.

"나 사실 너하고 친하게 지내고 싶었거든. 너 기억 나? 우리 중학교 때 줌 수업만 하다가 처음 학교 간 날, 네가 옷 줬잖아."

"옷? 무슨 옷?"

"그때 내가 갑자기 생리 터져서 교복 치마에 조금 묻었거든, 그런데 네가 안 입는 옷이라면서 줬어. 허리에 두르고 가라고. 옷은 안 돌려줘도 된다고 했어."

그런 일이 있었다는 게 어렴풋이 기억났다. 마음에 들지 않는 옷을 환불하려고 가방에 넣어 두었는데, 며칠이나 미루다가 없어져서 어디로 갔지? 하고 잠깐 의아했던 적이 있다. 그런데 지금에야 생각났다. 앞자리에 앉은 애의 치마에 생리가 묻은 것을 보고, 그냥 주었다. 나에게는 소중한 옷도 아니었고 크게 중요한 일도 아니었다.

"그때부터 너랑 친해지고 싶었는데 다시 줌 수업 하면서 못 만나서 고맙다는 말도 못 했어. 이제라도 고마워, 진짜."

친구가 될 수 있었을 텐데. 그럼 지금보다 나는 더 나은 사람이 되었을까? 이렇게 엉망으로 변해 버린 지금이 아니라.

"그 뒤로 줌 수업할 때마다 너만 보이더라. 우리 화면에 작게 얼굴이 다 나왔잖아, 너는 항상 옷도 예쁘게 입었던 기억이 나. 내 눈에 넌 진짜 예뻐 보였어."

예쁘다는 말이 전혀 기분 좋지 않았다.

"게다가 넌 공부도 잘하고, 발표도 잘하고. 나는 그때 말을 잘 못하던 시기였거든. 게다가 컴퓨터 화면을 보면서 말하는 것도 어색해서 발표를 거의 못 했는데.

우리 같이 옷 사러 갔을 때 생각나? 너 진짜 언니처럼 잘 챙겨줬어. 그래서 더 친해지고 싶었는데, 왠지 다가가기가 겁났어. 넌 나랑 친하게 지내고 싶지 않을 것 같았어. 내가 모르는 세상에 살고 있는 것 같았거든."

가로등 아래서 검은 고양이 한 마리가 튀어나와 후두둑 앞을 질러갔다.

"있잖아, 힘든 거 있으면 나한테 얘기해 줄래? 내가 도와줄 수 있는 건 다 도와줄게."

나는 발끝만 내려보면서 걸었다.

"너 나한테 왜 잘해 줘? 물건이나 훔치는 도둑년한테."

"우리 할머니라면 그랬을 것 같아서. 일부러 그런 게 아닐 거라고, 친구라면 얘기해 주라고. 꼭 할머니가 나한테 말하는 것 같았어."

"친구라고?"

"그럼. 친구 아니고 뭐야?"

"이렇게 엉망인 나를 이해해 준다고?"

"그럼. 당연히 이해해."

밤이 더 짙어졌다. 무슨 얘기를 했는지 정확히 기억

나진 않지만 나는 두서없이 말들을 늘어놓았다. 날마다 마네킹을 보면서 했던 말들을, 가짜 사람이 아닌 진짜 사람에게 해 본 것은 처음이다. 나 쇼핑중독이야, 나 옷 진짜 많거든, 너 나 옷 사는 거 보면 진짜 기절할걸? 왜 그럴까 생각해 봤는데, 아주 어릴 때 엄마가 옷을 사 주는 것으로 사랑을 표현했기 때문인 것 같아, 나는 옷이 사랑이라고 생각했나 봐, 난 취미가 옷 사는 것밖에 없어, 스트레스가 해소되거든, 그리고 외로움도 감춰 줘, 옷을 사고 나면 전혀 외롭지 않아, 예쁜 옷을 입으면 내가 더 좋은 사람이 되는 것 같아, 그러자 예린은 옷이 예쁜 게 아니라 네가 예쁜 거야, 라고 했다. 그래서 나는 사랑받고 싶어서 그랬어, 나도 사랑받고 싶어, 라고 말했고 내가 울자 예린이 같이 울기 시작했다.

"친구면 같이 울기도 해?"

"그럼. 당연하지."

훔친 물건들은 예린과 함께 찾아가서 돌려주었다. 쇼핑에 관련된 앱은 전부 지웠다. 아줌마가 내 책상에 올려 둔 쇼핑중독에 관한 책을 읽었다. 미니멀리스트에 관한 에세이와 패션산업과 환경위기에 관한 책도 읽었다.

나와 비슷한 경험을 한 사람들의 이야기를 읽으니 한결 마음이 편안해졌다. 배송비를 안 내려고 별로 마음에 들지 않는 옷도 함께 주문하거나, 새로운 스타일에 도전해 보고 싶어서 평소라면 입지 않을 것을 사거나, 쇼핑몰이 깜짝 세일을 해서 급하게 사는 것도 모두 내 얘기였다. 언젠가 살이 빠지면 입을 수 있겠다고 생각해서 버리지 못한 바지, 반품하기가 귀찮아서 그대로 둔 니트, 실물로 보니 별로인데 비싸게 주고 산 게 아까워서 한 번 입고 다시는 입지 못한 채로 걸어둔 코트, 모두 내가 가지고 있는 것들이었다. 그리고 책에서는 말했다. 당신이 물건을 산 것이 아니라 산업이, 광고가, 우리가 물건을 살 수밖에 없도록 만들었다고.

대학은 가고 싶지 않았다. 아무 데나 점수를 맞춰서 관심도 없는 공부를 하고 싶지 않다고 솔직하게 말했다. 다시 처음부터 시작하고 싶다고 했다. 아줌마와 아빠는 심각하게 상의하더니 원하는 대로 해도 좋다고 했다. 그리고 내가 없어야 아빠도 아줌마도 더 행복할 것 같다.

"아줌마를 싫어하는 게 아니에요. 내가 나를 좋아하지 못해서 아직 아줌마를 좋아하지 못하는 거예요. 언젠가 내가 나를 좋아하게 되면 우리 친하게 지내요."

내가 말하자 아줌마는 울었다.

나는 캐나다로 워킹 홀리데이를 떠나기로 했다. 아빠의 돈을 받고 싶지 않아서 합법적으로 일을 할 수 있는 방법을 찾기로 했다. 이미 아빠는 너무 많은 것을 해 주었다. 올해 검정고시를 보고 만 열여덟 살이 되는 내년에 갈 수 있다. 캐나다로 가기로 한 건 우연히 본 블로그 때문이다.

〈이곳에 유학을 와서 제일 편한 건 옷을 안 사도 되는 것이다. 여기 사람들은 진짜 옷에 관심이 없다. 다들 입고 싶은 대로 입는다. 얼굴이나 체형은 전혀 중요하지 않다. 중요한 건 내가 누군지, 나는 어떤 생각을 하는지, 그런 것이다. 나는 나 자신을 잘 안다고 생각했지만, 이곳에 와서 전혀 다른 나를 발견했다.〉

나는 여태껏 너무 작은 세상에 갇혀 살아왔다. 핸드폰 속에서. 탈의실 속에서. 내 좁은 방 안에서. 베껴서 만든 옷을 입고, 가짜로 나를 현혹하는 광고들 속에서, 불면 날아가 버릴 것 같은 가족 사이에서, 아무것도 입지 않은 빈 마네킹처럼 텅 비어 갔다.

　내가 누군지 알고 싶다. 어떤 사람인지 알고 싶다. 만약 마네킹처럼 텅 빈 인간이라면 새로운 것으로 채워넣고 싶다. 처음 가보는 곳에서, 나를 모르던 사람들과 내가 생각해 보지 못한 방식으로.

　〈추신, 캐나다에 올 때는 절대 유행하는 옷을 입고 오지 마시오. 한국 사람들은 공항에서부터 티가 납니다. 그저 편하고 좋아하는, 입고 싶은 옷을 입으세요.〉

　예린이 선물해 준 옷을 입었다. 할머니의 옷장에서 발견했다는 니트다. 옷을 입고 이런 기분은 처음이었다. 날 감싸 주는 것 같은 느낌. 예린이 말한 그대로다.
　"우리 할머니가 지켜 줄 거야. 그러니까 아무 걱정 하지 마. 잘 해낼 거야."

주머니의 말

나는 주머니에서 태어났다.

'태어났다'라고 말할 수 있는 이유는, 그 손이 팔의 안감을 스치고 주머니 속으로 그 작은 주먹을 깊이 찔러 넣은 순간에 의식이 깨어났다고 기억되기 때문에.

그리하여 나는 그 순간, 주머니 속으로 들어온 차가운 두 개의 주먹 때문에 짙은 회색빛 겨울 코트로 태어났다.

나를 둘러싼 사람은 세 명의 여성이었는데, 둘은 자매고 그중 하나가 나를 입고 있었으며, 나머지 하나는 엄마였다. 엄마는 거친 손으로 나의 주머니에 손을 넣어 보고 (사람들은 옷을 고를 때 꼭 주머니에 손을 넣어 본다는 것을 알까?) 최종적으로 승낙하였다. "둘이 함께 입는 거니까 비싼 걸로 사주는 거야." 하고 말하자 자매는 동시에 "싫어!" 하고 외쳤다. 어쩐지 처량하게 들리는 엄마의 자조적인 목소리로 "그럼 사지 말고 가자."라는 말이 끝나기 무섭게 언니는 "내가 안 입는 날만 입어, 알겠어?" 하곤 나를 입은 채 계산대로 갔다. 점원이 소매 끝에 달린 가격표를 가위로 자르는 순간 의식이 조금 더 선명해지는 것을 느꼈다. 언니의 손은 주머니 안에서 주먹을 쥘 것처럼 꼼지락거렸다. 차가운 손이었다. 환한 불빛이 쏟아지는 매장에서 밖으로 나오자 찌푸린 하늘에서 하얗고 차가운 것이 떨어지고 있었다. 처음으로 맞는 눈이었다. 앞으로 내가 얼마나 많은 눈을 맞아야 하는지 그때는 몰랐다. 나는 겨울을 위해 태어났다는 것도.

언니는 집에 들어서기 전 나를 벗어 맞은 눈을 탁탁 털어냈다. 아직 남은 물기는 고운 수건으로 닦고 자신의 방으로 들어가 문을 꼭 잠그고 나를 옷걸이에 걸어 옷장 안에 넣었다. 동생이 밖에서 문을 달각거렸다.

"나도 입어 볼래."

하지만 언니는 옷걸이에 걸린 나의 소매 끝을 만지작거릴 뿐 문은 열어 주지 않았다. 한참이나 문밖의 소리가 이어졌다. "같이 입으랬지!" 하는 고함이 들리자 어쩔 수 없이 문을 열었고 동생의 손이 나를 잡았다.

"엄마가 나 고등학교 졸업선물로 사 준 거야. 넌 입지 마."

동생의 왼팔이 (동생은 꼭 왼팔부터 넣고, 언니는 오른팔부터 넣는다) 안감을 따라 소매 안으로 미끄러져 들어왔다. 동생은 키가 조금 더 크고 몸집이 약간 작아서, 나는 몸을 조금 움츠려야 했다. 언니는 동생보다 키가 약간 작고 몸집은 나에게 딱 맞았다. 동생이 한 바퀴 돌아 보기도 전에 언니는 목덜미를 채어 나를 벗겨 냈다.

"이제 됐지? 벗어."

"싫어, 잠깐만, 아 하지 마!" (아– 이러한 실랑이를 이후로도 얼마나 많이 보았던지)

동생이 주머니를 잡고 놓지 않았지만 언니가 억지로 잡아당기는 바람에 주머니 끝 봉제선이 약간 헐거워졌다. 그제야 언니는 나를 다시 차지하여 그새 무엇이 묻었을까 봐 수건으로 정성스레 털어 내고 다시 옷걸이에 걸어 옷장 안으로 들였다.

언니는 걸음이 빠르고 이리저리 둘러보는 일 없이 직선으로 걸어가는 걸음걸이를 가졌다. 나로서는 처음 보는 풍경에 조금 천천히 걸어 주었으면 했지만, 그러한 바람을 말할 만큼 의식의 교류랄까 하는 것은 없었으므로 단지 옷이 해야 할 기능만을, 즉 바람이 거세게 불어오면 모직을 단단히 움츠리고 앞섶으로 바람이 새어 들어오지 않도록 단춧구멍을 조금 여미는 것뿐이었다.

언니는 얼마 남지 않은 고등학교 학창 시절을 나와 함께 마무리했다. 안의 교복은 낡고 닳아 반들반들할 지경이었지만 기장이 긴 나를 감싸 입으면 낡은 교복은 전혀 보이지 않았고, 그 순간 언니는 완전히 학생에서 벗어났다는 자신감을 얻는 듯했다. 언니는 주머니에 다른 것은 아무것도 넣지 않고 하얗고 차가운 두 손을 찔러 넣고 무언가를 잡으려는 듯이 꼼지락거리는 버릇이 있었다. 졸업식 날에는 온갖 향기를 풍기는 형형색색의 꽃다발을 내 품에 안겨 주었다. 나는 정신을 차릴 수 없이 강렬한 향기에 파묻혔다.

"엄마가 같이 입으랬잖아!"

동생이 외치는 날에는 어쩔 수 없다는 듯이 벗어 주기도 하였다. 동생은 언니보다 걸음이 느리고, 약간 팔자걸음으로 가볍게 걷는 걸음걸이를 가졌다. 뒤트임이 들어간 부분이 나풀거릴 정도로 걸었다. 동생은 언제나 주머니에 물건을 한가득 넣었다. 부르르 진동하는 스마트폰과 노래가 흘러나오는 무선이어폰과 핑크빛 립스틱, 먹고 난 사탕 껍질, 주워 넣은 나뭇잎까지 내 안에 가득 찼다. 거기다 언니보다 약간 더 큰 손까지 집어넣으니 나는 가끔 답답하여 숨을 쉴 수가 없었다. 그래서 하나씩 물건을 떨어뜨리면, 동생은 어랏, 하며 망설임 없이 주저앉아 물건을 찾았다. 코트 밑단이 바닥에 끌리는 것은 아랑곳하지 않았다. 그럼에도 동생과 함께 다니는 시간은 항상 즐거웠다. 언제나 천천히, 슬렁슬렁 걸어 다녔다. 꼭 하루에 한두 번은 떡볶이 국물을 묻히거나 아이스크림을 흘리곤 했지만 그마저도 즐거웠다.

"내가 입을 거야!"

아침이 시작되면 두 자매는 어김없이 나를 사이에 두고 다툼을 벌였는데, 이는 꽤나 이상한 일이었다. 언니의 옷장에는 겨울 코트와 패딩이 세 벌, 동생의 옷장에도 비슷한 디자인의 코트와 패딩이 네 벌 있었지만 신기할 정도로 나를 선택하는 날이 같았다. 전날은 둘 다 다른 것을 입었음에도 다음 날은 반드시 나를 두고 싸웠다.

"너, 여기 뭐 묻혀 왔어? 죽을래?"

언니가 눈을 무섭게 치켜뜨며 밑단의 얼룩을 발견하면, 동생은 목덜미 쪽을 잡은 손을 슬쩍 내리는 식으로 그날의 동행자가 결정되었다.

언니는 이제 고등학교가 아닌 대학교에 다녔고, 내 안의 옷은 더 이상 낡은 교복이 아닌 하얀색, 핑크색, 연두빛, 화사한 옷들로 채워졌다. 확연히 따뜻해진 날씨지만 외투를 입지 않기엔 찬바람이 남아 있었다. 블라우스를 고르고, 치마를 고르고, 구두를 고르며 나를 걸쳐 보고 다시 치마를 바꿔입고 하는 것을 지켜보는 일은 상당히 즐거웠다. 우리는 함께 학교 교정을 걸어 다니고, 사람이 많은 거리를 밤새 걷고, 시끄러운 음식점도 들어갔다. 식당 의자 속에 나를 넣고 잊은 탓에 하루를 꼼짝없이 의자 속에서 언니를 기다리기도 했다.

그러던 어느 날, 주머니 속으로 언니의 손과 함께 다른 손이 슬며시 들어왔다. 커다랗고 길쭉한 손가락이 언니의 손가락을 만지작거렸다. 금세 손에서 땀이 축축하게 배어 나왔다. 봄이었다.

봄이 되면 겨울옷들은 모두 모아서 엄마가 세탁소에 맡겼다. 커다란 비닐에 모인 옷은 무게가 어마어마하여 엄마는 나를 꺼내 걸쳐 입고 세탁소로 갔다. 엄마와 함께 걷는 것은 처음이었는데 언니나 동생과는 다르게 등허리가 구부정해서 나도 엄마의 몸을 따라 구부정하게 몸을 굽혔다. 비싼 거라 그런가 감이 엄청 부드럽네, 하면서 엄마는 나를 연신 매만지며 걸었다. 세탁소 주인이 "옷 좋은 거 사셨네" 하며 알은체를 하자 엄마는 "딸내미 거예요, 드라이 잘 해줘요." 하고 즐거운 듯이 말했다.

기름 냄새가 가득한 뜨거운 통 안에 들어갔다. 처음와 보는 곳이었지만 낯설지 않았다. 뜨거운 바람이 옷 뭉치를 이리저리 흔들며 한참을 돌아가는 가운데 다른 목소리가 들렸다.

"겨울이 끝난 거지. 이제 또 나오려면 한참을 기다려야겠지."

언니의 옷장에서도 동생의 옷장에서도 의식을 가진 다른 옷은 만난 적이 없었다. 밤마다 소매를 흔들어 보아도 아무도 대답하지 않았다. 그런데 지금 여기, 의식을 가진 옷이 함께 들어와 있는 모양이다.

"어디 있어요?"

내가 왼팔 소매 끝을 가볍게 흔들자 눈처럼 새하얀 소매가 내 소매를 낚아채듯 휘감았다.

"한참을 기다린다는 게 무슨 말이에요? 아니, 왜 이 많은 옷 중에서 당신과 나만 대화할 수 있어요?"

"나도 대화할 수 있는 옷을 만난 건 아주 오랜만이네."

하얀 스웨터와 나는 뜨거운 바람 속에서 엉켰다.

"만들어진 소재에 따라 다를지 모르겠지만, 내가 만났던 오리나 거위 털 가운데도 말을 하지 못하는 애들이 많았거든. 만든 사람의 차이이거나 입는 사람의 차이일 거라고 생각하지만 그것도 추측일 뿐이고."

이해할 수 없는 말이었다.

"나는 염소의 마지막 털이었거든. 염소는 더 이상 털을 만들지 못해서 죽어야 했어. 그 염소의 마지막 털로 만든 것이 바로 나라고. 그때 나는 깨어나서 모든 것을 보았지. 높고 하얀 산봉우리가 둘러싼 푸른 초원을. 핏물로 가득한 우리 안에 울려 퍼지는 염소 울음소리. 언젠가 그곳으로 돌아갈 수 있을까."

끝없이 돌던 기계가 서서히 멈추었다.

"하지만 우린 다음 해 봄에 다시 여기서 만나겠지. 만약 버려지지 않는다면 말이야."

염소로 만들어졌다는 스웨터와 더 대화를 나누고 싶었지만 우리는 통 밖으로 꺼내져 얇은 비닐에 쌓였다. 더 이상 목소리가 들리지 않았다.

집으로 돌아온 나는 비닐에 쌓인 채 옷장의 가장 깊은 곳으로 들어갔다. 그 뒤로는 계속 어둠과 적막함뿐이었다. 아침저녁으로 한 번씩 옷장이 열릴 때 들리는 자매의 목소리만이 유일한 기쁨이었다. "뭐 입지, 왜 맨날 입을 게 없지." 하며 옷장을 뒤적거리는 언니의 작고 하얀 손, 쪼르르 달려와 "언니 남친 누구야?" 하고 묻는 동생의 목소리.

여전히 아침마다 같은 옷을 두고 다투었지만 언니는 대학생이 된 후로 동생에게 자주 양보했다. 몇몇 옷들은 아예 동생의 옷장으로 옮겨졌다. 그리고 그 자리엔 새로운 옷들이 매주 몇 벌씩 들어왔다. 제각기 재질도, 색깔도 다른 옷이었다. 나와 같은 양모 재질은 없었고 염소 털로 만든 옷도 없었다. 새 옷이 들어올 때마다 작게 소매를 흔들어 보았지만 대답이 돌아온 적은 없었다.

그마저도 여름이 시작되고 옷장에 자리가 없다는 까닭으로 상자에 담겨 집안 어딘가로 옮겨졌다. 캄캄한 어둠 속에서 나는 잠들지 못하고 그저 가만히 몸을 움츠린 채 겨울을 기다렸다.

코끝에 겨울 냄새가 스쳤다. 동생은 상자를 열어 제일 깊은 곳에 있던 나를 꺼냈다.

"진짜 나 먼저 입어도 돼?"

익숙한 왼팔이 안감을 따라 들어왔다. 그사이 키가 한 뼘은 더 자라 밑단이 무릎 위로 껑충 올라갔다.

"깨끗이 입어. 뭐 좀 묻혀 오지 마."

언니는 내가 아닌 다른 패딩과 코트를 챙겼다.

두 번째 겨울은 유난히 눈이 많이 내렸다. 나는 언니의 옷장이 아닌 동생의 옷장에 걸렸고, 동생은 눈이 아무리 많이 내려도 우산도 쓰지 않고 꼭 나를 입고 외출했다. 이거 입으면 하나도 안 추워, 하면서 거의 날마다 나와 함께했다. 주머니에 물건을 가득 넣는 버릇은 여전해서 나는 스마트폰이며 예쁜 돌멩이, 열쇠, 동전 같은 것을 떨어뜨리지 않기 위해 주머니를 최대한 늘어뜨렸다. 주머니 안감에 열쇠가 걸리는 바람에 봉제가 터져 작게 구멍이 났기에 물건이 코트 속으로 빠지지 않도록 더 신경 써야 했다.

무릎까지 눈이 쌓인 날에는 눈밭을 구르기도 했고,

눈사람도 만들었다. 며칠에 한 번씩은 따뜻한 붕어빵을
사서 내 품에 꼭 넣었다. 동생은 키가 큰 것을 빼고는
여전히 가볍게 슬렁거리며 걸었다.

언니는 그 겨울 딱 한 번 나를 입고 나갔다. 눈이 비
처럼 떨어지는 날이었다. 언니는 차가운 손을 주머니에
넣고 끝없이 꼼지락거렸다, 마치 손으로 말하는 것처럼.
손톱 끝에 실밥이 걸려 주머니 구석의 구멍이 조금 더
커졌다.

"너와 사귀기로 한 날 이 코트 입었는데, 헤어지는 날
에도 이 코트를 입고 있네."

그렇게 말하곤 언니는 손에 끼고 있던 반지를 빼서
주머니에 넣었다. 반지는 주머니 속 구멍으로 흘러 들
어갔다. 주먹을 쥐었다. 하얀 손이, 무엇도 상처 낼 수
없을 만큼 작고 차가운 주먹이 내 주머니 안에서 펴지
지 않았다. 앞섶으로 비 같은 눈에 섞여 뜨거운 물방울
이 뚝뚝 떨어졌다. 공원의 눈 쌓인 벤치에 쓰러지듯 앉
아서 내 몸이 다 젖도록 언니는 울었다. 나는 안에 입은
옷이 젖지 않도록 최선을 다해 물기를 막았다. 그날 이
후로 언니는 다시는 나를 입지 않았다.

두 번째 겨울이 지나고 다시 세탁소로 향했지만, 하

얀 스웨터는 만나지 못했다. 기름통 안에서 양팔을 치켜들고 "어디 있어요?" 하고 외쳐도 대답은 돌아오지 않았다. 버려지지 않는다면 다시 만날 것이라고 했다. 버려진 옷들은 어디로 가는 걸까. 하얀 산봉우리가 둘러싼 푸른 초원으로 돌아갔을까. 얇은 비닐에 쌓인 채로 어두운 상자 속에서 봄과 여름과 가을이 지나는 동안 나는 그를 생각했다.

세 번째 겨울이 왔지만 언니도, 동생도 나를 꺼내지 않았다. 엄마는 일 년 전보다 더 늙고 지친 얼굴로 나를 꺼냈다. 불도 켜지 않은 집안은 조용하고 온기가 느껴지지 않았다.

"이제 너를 입을 사람이 없네, 더 좋은 주인 만나서 따뜻하게 지켜 줘라."

엄마는 거친 손으로 나를 한참이나 쓰다듬었다. 둘다 어디 갔어요? 왜 아무도 없어요? 어떤 말도 엄마에게 닿지 못했다. 이내 결심한 듯이 나와 몇몇 겨울옷을 챙겨 중고 매장으로 갔다. 한 벌 한 벌 펼쳐 보이고 주인이 주는 대로 지폐 몇 장을 받아 들곤 엄마는 돌아보지 않은 채 가게를 나갔다.

버려진다, 그 말이 이런 의미였던 걸까. 나는 한순간 몸 없는 옷이 되어 모르는 곳에 홀로 남겨졌다. 다른 옷이 많았지만 나는 철저히 외로웠다. 언니가 울었던 것처럼 울고 싶었다. 나도 눈물을 흘릴 수 있다면. 하지만 옷은 울 수 없기에 그저 흑흑거리는 소리만 흉내 냈다. 어디선가 "아, 시끄러워!" 하고 날카로운 목소리가 들렸다. 아무리 돌아보아도 어떤 옷이 말한 것인지 알 수 없었다.

며칠이 지났을까.

"작가 선생, 저 쥐색으로 하지. 저게 딱이네."

소리가 들리는 곳을 돌아보니 귀를 덮는 새빨간 모자를 쓴 한 사람이 나를 향해 다가왔다.

"이거 진짜 딱이네!"

나를 잡은 손은 짧은 손톱에 왼쪽 새끼손가락 안쪽에 점이 있었다. 조심스럽게 나를 옷걸이에서 빼내고 신중한 손길로 구석구석 살폈다. 단추가 헐거워진 것은 없는지, 안감이 해어진 곳은 없는지, 라벨에 적힌 소재는 무엇인가를 꼼꼼히 읽었다. 그리고 팔을 (오른팔부터) 밀어 넣어 나를 입었다. 언니나 동생과는 전혀 다른 체형이었다. 등허리에는 군살이 꽤 붙어 있고 고개가 앞으로 휘어졌다.

"딱이라니까, 나하고도 잘 어울리잖나?"

빨간 모자가 말했다. 그를 쓴 사람에게는 들리지 않는 게 분명했지만 나는 확실히 들을 수 있었다. 모자는 말을 한다. 그는 나를 알아봤을까?

"빨간 모자에 쥐색 코트를 입은 암살자라. 좋아."

낮은 목소리로 중얼거리더니 (역시나) 주머니에 손을 넣어 보곤 나를 계산대로 가져갔다.

"여기 주머니에 구멍이 났는데요?"

계산대에 말하자 그 자리에서 주머니를 뒤집어 드르륵 재봉틀로 구멍을 막았다. 내 안에 반지가 있는데, 하고 작게 중얼거렸다.

"반지를 품은 코트라."

빨간 모자가 말했다. 하지만 나는 대답하지 않았다. 그렇게 나의 세 번째 겨울이 시작되었다.

작가는 확실히 이상한 사람이었다. 종일 의자에 앉은 채로 알 수 없는 말들을 중얼거렸다. 나는 옷장이 아닌 의자에 걸쳐졌고, 가끔 작가는 나를 입은 채로 글을 썼다. "코트 깃을 세우고 고개를 숙인 채 걸었다." 하면서 내 목덜미를 한껏 세워 입곤 집안을 어슬렁거리며 돌아다니다가 "코트 깃을 세운 채 땅만 보며 걸었다." 하더니 무슨 차이가 있는지 모르겠지만 두 번째 문장을 컴퓨터에 적었다. "왜 빨간 모자를 쓰냐구요? 모든 암살자는 자신의 시그니처가 있는 법이오."라며 책상 위에서 뒹굴고 있던 귀를 덮는 빨간 모자를 푹 눌러썼다.

"이 양반은 항상 이런 식이라니까. 좀 쉬려고 했더니."

빨간 모자는 투덜거리면서도 작가가 톡톡 키보드를 두드리며 이야기를 적어 가는 동안 머리 위에서 얌전히 기다렸다.

"이제 이 양반 한 시간은 이러고 있을 테니까, 우리끼리 대화나 좀 하지. 자네는 어디서 왔는가?"

빨간 모자가 귀덮개 부분을 팔랑이며 말을 걸어 와도 그동안은 대꾸하지 않았다. 무엇 때문이었을까. 언니와 동생과 살기 시작한 순간부터 나는 언제까지나 모든 겨울을 이 자매와 보내게 될 거라고 생각했다. 하지만 그것은 온전히 나만의 생각이었고, 두 번의 겨울 만에 버려졌다. 이런 것은 느끼고 싶지 않다. 나도 말하지 않고 의식하지 않는 옷이 되고 싶었다.

"확실히 이 사람은 괴짜지. 그래도 그동안 만나온 사

람 중에는 가장 좋은 사람이야. 다들 그래."

"다들이요?"

"이 사람이 입는 옷들은 대체로 다들 그렇게 말한다고."

"말하는 옷이 또 있나요?"

"이 집에는 새 물건이 없거든. 새걸 사면 병이라도 걸리는 줄 아는지."

빨간 모자는 말하곤 귀덮개가 잘 덮여 있는지 확인했다.

"자네는 어떨지 모르겠지만 확실히 나는 이 작가 선생을 만난 것을 감사해. 이전에 나를 가진 사람들은 전부 나쁜 놈들이었지. 나를 눌러쓰고 어찌나 나쁜 짓들을 일삼았는지 아는가? 다른 사람을 때리고, 도둑질을 하고, 그런 놈들은 심지어 서로의 모자도 훔쳐 간다네. 그래서 나도 그런 놈들 안에서 이리저리 옮겨 다녀야 했지. 하나같이 전부 나쁜 생각만 가득 찬 머리통이었어. 하지만 결국은 벗어날 수 있었고, 의류 수거함을 거쳐서 중고 매장에서 저 작가 선생을 만나고 이리로 온 것이지."

"제가 만난 자매는 그렇지 않았어요. 그저 평범한 아이들이었어요. 두 번의 겨울을 나는 동안 자매는 나를 번갈아 입었지만 세 번째 겨울엔 얼굴도 보지 못했고, 이 사람이 나를 입었어요."

"이 사람이 아니라 정확히 말하자면 내가 자네를 선택하게 만든 거야."

"그게 가능한가요?"

"사람과 말을 할 수 있느냐는 거지? 그렇지는 않다네. 어느 정도 영향을 줄 수 있는 것은 사실이야. 저 사람이 두드리고 있는 저 내용 중에 나쁜 놈들이 나오는 장면에선 내가 아주 많은 이야기를 들려주었어. 물론 가장 끔찍했던 사건들로 말이지. 일부분은 가히 내가 함께 썼다고 말해도 과언이 아닐…."

"피를 흘리며 갈대밭에 몸을 숨겼다. 갈대밭, 갈대밭이 필요해!"

갑자기 작가가 큰 소리로 외쳤다. 빨간 모자는 호탕하게 웃음을 터뜨렸다.

"곧 갈대밭에 가겠군!"

다음 날, 우리는 작가의 말대로 (혹은 모자의 말대로) 갈대밭에 갔다. 천변의 산책로를 따라 만들어진 철새 도래지였고, 의자가 비슷한 간격으로 드문드문 늘어서 있었다. 첫 번째 의자에 앉아 갈대밭으로 가는 풍경을 적고, 다시 걷다가 두 번째 의자에 앉아 갈대밭 너머로 들리는 강물의 소리를 적었다. 세 번째 의자에 앉아서 '일단 몸을 숨겨야 해, 피를 흘리며 그는 생각했다.'라고 적었다. '군데군데 녹아 가는 눈이 흘러 모여 물구덩이를 만들었다. 암흑같이 검은 물에 비친 하늘은 신비스러울 정도로 화사했다.'라는 문장은 물구덩이 앞에 쭈그리고 앉아 적었다. 그리고 우리는 갈대밭 속으로 뛰어들었다. 검은 물구덩이를 철벅철벅 건널 때 낡은 청색 운동화가 비명을 질렀지만 (운동화의 목소리는 그때 처음 들었다) 작가는 아랑곳하지 않았다.

"갈대밭의 끝에서 강물이 넘실거리는 모습을 바라보며 그는 주머니에 손을 넣고 생각했다… 생각했다… 무슨 생각을 하지? 나의 삶이 여기서 마지막이라면…."

나는, 나 역시 소설의 주인공처럼, 소설을 쓰는 작가처럼, 흘러가는 강물을 함께 바라보고 앉았다. 언니는 어디로 간 걸까? 주머니에 반지를 넣은 것을 잊은 걸까? 우리는 다시 만날 수 있을까?

"주머니에 손을 넣고 생각했다. 주머니가 있어서 다행이라고. 그 안에 건네주지 못한 반지를 만지작거렸다.

우리는 다시 만날 수 있을까?"

작가의 마지막 말은 내가 생각한 것과 똑같았다! 작가는 강물을 바라보며 마지막 문장을 적었고, 우리는 갈대밭에서 나왔다.

"저 사람이 내 말대로 썼어요!"

"그래, 그렇다니까."

빨간 모자가 겨울바람에 살짝 흔들렸다.

그날 밤, 우리는 전부 세탁기에 들어갔다. 입고 있던 옷뿐만 아니라 옷장 안에 잠들어 있던 몇 안 되는 옷도 전부 함께 들어갔다. 운동화는 세제를 푼 대야에 담겼다. 건조대 두 개에 나뉘어 걸린 우리는 새벽까지 소곤거렸다.

"내가 눈을 뜬 곳은 연극 무대 위였다구. 갑자기 환한 빛이 쏟아져 내리는 무대 한가운데 서 있었어. 수십 명의 관객들이 나를 바라보고 있었지. 어때, 세상에 태어나는 장면부터 딱 주인공 같지 않아?"

별다른 점이랄까, 눈에 띄는 특별할 것도 없는 검은 스웨터가 우쭐대며 말했다.

"주인공은 밤마다 나를 입고 연극 무대에 올라갔어.

그 사람, 참 신기하더군. 의상을 입기 전까지는 별로 눈에 띄지도 않고 구석에서 조용히 앉아 있는 사람인데, 나를 입고 무대에 오르는 순간 완전히 그 무대의 주인공이 되더라니까. 아, 진짜 그 무대의 열정, 뜨거움은 경험해 보지 않은 사람은 결코 알 수가 없다니까."

다른 옷들은 이미 익숙하게 들어 온 이야기라는 듯이 대꾸도 하지 않았다. 내가 물었다.

"그런데 어떻게 여기 온 거예요?"

"연극 무대 안에서는 그런 얘기가 있거든. 무대에 올라갔던 의상은 영혼이 닳는다는. 나는 점점 더 생기 있게 되고 의식이 명료해졌는데 말이지. 뭐, 만들어 낸 말이겠지만. 어쨌든 그런 이유로 무대에서 입었던 의상은 다시 입지 않는다고 해서."

"버려진 거군요?"

버려졌다는 말에 건조대 위의 옷들이 일제히 나를 돌아보았다. 다들 몸을 부르르 떨어서 건조대가 흔들거렸다.

"어이, 이 친구가 처음이라 그래. 다들 긴장 풀라구."

빨간 모자가 말했다.

"처음이라고?"

검은 스웨터가 물었다.

"그래. 겨우 한 번 만에 바로 이곳으로 왔으니, 이 친구는 거의 새거라고 볼 수 있지?"

빨간 모자가 나 대신 대답했다.

"날 입었던 애들은 전부 못생긴 바지라며 버렸는데. 하나같이 똑같이 말했어."

청바지 하나가 몸을 떨며 말했다.

"그 아이들이 나를 벗어던질 때마다 나는 생각했어. 날 만들어 준 아이들에게 돌아가고 싶다고. 나를 만든 아이들은 그러지 않았어. 푸른 물에 기꺼이 손을 넣어 수십 번 나를 빨고, 단추를 달고, 라벨을 달며 그 아이들은 나를 정말 아름다운 바지라고 생각했어. 푸른 염색약은 강물을 타고 멀리멀리 흘러갔어. 세탁이 끝나고 높은 곳에 매달려 강물이 물들어 가는 광경을 지켜봤어. 이쪽 공장에서는 푸른 물이, 저쪽 공장에서는 붉은 물이, 저 멀리서는 노란 물이 한데 섞여 아주 멀리까지 흘러갔지. 더 이상 보이지 않는 곳까지. 역겨운 냄새가 지독하긴 했지만 나는 그곳에서 풍경을 바라보던 시간이 가장 좋았어."

다들 비슷한 생각을 하고 있는 것 같았다. 모두들 자

신이 만들어진 기억을 가지고 있는 걸까?

"그 아이들 가운데 하나가 나를 몰래 챙겼어. 나와 똑같은 바지가 수백 수천 벌이 매달려 포장을 기다리고 있었어. 아주 작고 검은 손이 나를 잡아서 자신의 품에 넣었어. 몸체가 너무 작아 꼭꼭 뭉쳐 안은 나보다도 작을 지경이었어. 이제 공장을 나가는 걸까? 하지만 그 아이는 곧 붙잡혔어. 비명을 지르면서 얻어맞는 것을 지켜보기만 했어. 나는 작은 몸을 지켜줄 수 없었어. 다시 포장을 기다리는 줄로 돌아가 비닐에 담기고 상자에 담겼지. 그리고 몇 차례 버려진 후에 이곳에 온 거야."

나는 조용히 청바지의 말을 들었다. 옷은 인간의 몸을 지켜주기 위해 만들어진 것이지만, 어떤 몸을 지켜줄 것인가는 선택할 수 없다.

"내가 태어난 알록달록한 강물. 그곳으로 돌아갈 수 있을까?"

우리는 밤새 서로의 이야기를 나누었다. 마네킹에 입혀져 종일 지나는 사람들을 바라보았던 이야기, 똑같은 수 천벌의 옷이 모두 불태워지고 그 가운데 홀로 살아남았다는 이야기, 의류 수거함에서 만난 고양이 새끼들 이야기… 우리의 말은 끝나지 않았다. 아침이 되면 잠에서 깬 작가가 다시 나를 입고 의자에 앉아 글을 썼다. 봄이 되어도, 여름이 되어 땀을 뻘뻘 흘리면서도 글을 쓰는 순간에는 항상 나를 걸쳐 입었다. 빨간 모자는 끔찍한 범죄 현장을 묘사하는 장면에서 말이 많았고, 나는 주인공이 보고 싶어 하는 여자를 떠올릴 때 언니에 대해 이야기해 주었다. 하얗고 차가운 손, 직선으로 걸어가는 걸음걸이 같은 것들. 가끔 빨간 모자가 "이 사람 냄새가 지독해, 좀 씻어야 해." 하며 불퉁거리면 나는 감춰 온 냄새들을 공기 중으로 내뿜어서 작가를 씻게 만들기도 했다.

어느 날, 낯선 이들이 작가의 집에 찾아왔다. 커다란 카메라를 든 사람과 하얀 정장을 갖춰 입은 사람이었다. "신인상 수상을 축하드립니다." 하며 정장을 입은 사람은 붉은 꽃다발을 건넸다. 작가는 여지없이 빨간 모자를 쓰고 나를 입었다.

"이 옷을요? 혹시 다른 옷은…?"

정장 입은 사람이 말하자 작가는 싱긋 웃었다.

"어차피 더 좋은 옷도 없고요, 이 소설에서 중요한 역할을 한 옷이라서요."

"그럼 옷에 대한 이야기로 인터뷰를 시작할까요?"

"이 코트는 지난해 겨울에 동네 중고 매장에서 샀습니다. 저는 주로 중고매장에서 쇼핑을 합니다. 값도 저렴하고 환경에도 좋으니까요. 그리고 뭐랄까, 이 옷을 입었던 사람에 대해 생각하는 일이 작가의 일과 닮았다고 할까요?

그때는 이 소설을 구상하던 시기였는데, 처음에는 빨간 모자를 쓴 암살자를 주인공으로 소설을 썼지요. 어느 순간 글이 막혀 더 이상 진도가 나가지 않을 때, 이 코트를 만나고 겨울에만 의뢰를 받아 암살을 하는 설정을 더해서 완성할 수 있었죠."

"처음부터 코트를 입은 것은 아니었군요?"

"네, 이 코트를 발견하고 그렇게 됐습니다."

커다란 카메라에서 번쩍거리며 불빛이 터졌다.

"이 옷을 입고 있으면 글이 잘 써집니다. 모자도요. 이 둘은 항상 저와 함께했어요. 이런 말을 하면 작가의 상상력이 지나치게 유치하다고 말씀하실 분이 있을지 모르겠지만, 저는 이 옷들이 저에게 말을 걸어오는 것 같은 기분이 들 때가 있습니다."

"말을 걸어온다고요?"

"네, 이건 이렇게 써 봐, 저렇게 써 봐, 하는 것 같아요. 가끔은 이들이 저 대신 글을 쓰고 있는가 하는 생각이 들기도 하지요. 누구에게나 입으면 기분이 좋아지고 기운이 나게 만들어 주는 옷이 있잖아요? 저에겐 이들이 바로 그런 옷입니다."

작가가 (우리와 함께) 완성한 소설은 '하얀 눈밭은 붉은 피를 숨기고 있다'라는 제목으로 출간되었고, 그 뒤로 소설 몇 편을 더 써냈다. 검은 스웨터의 의견을 받아들여 '연극 무대에서 사라진 배우 J 씨의 실종사건'을 집필하는 시간에는 매주 연극을 보러 소극장엘 갔다. 청바지의 이야기를 들으면서 써 내려간 '집이 된 옷'은 버려진 옷을 쌓아 집을 만든다는 다소 환상적인 이야기였다. 하지만 실제로 옷을 재활용해서 집을 짓는 소재로 만드는 기술이 개발되었다는 뉴스를 보고 작가는 환호성을 질렀다.

"너희들, 나중에 내 집이 되어 줘. 그때도 날 지켜주는 거야!"

이 사람은 정말 괴짜가 맞다.

나의 여덟 번째 겨울이 시작되었다. 여느 때처럼 겨울

냄새가 공기에 섞여 불어와서 겨울이 시작된 것을 알았다. 우리는 새로운 이야기를 찾아 낮이고 밤이고 긴 산책을 다녔다. 어느 날은 모래가 버석거리며 밟히는 바다에 가기도 했고, 눈이 쌓여 무릎까지 푹푹 빠지는 숲속에서 텐트를 치고 하룻밤을 보내기도 했다. 친구들을 만나 밤새 울다가 웃다가 하며 이야기를 나누는 날엔 입은 것들 모두 기진맥진해져서 축축 처지기도 했다.

크리스마스라며 친구들과 모인 자리에서, 작가는 평소 잘 마시지 않는 술을 과하게 마시고 기분이 좋아졌다. 집으로 돌아갈 생각이 없는지 밤길을 이리저리 걸었다. 휘청거리다가, 버스가 끊긴 정류장에 앉았다, 하며 크리스마스 노래가 떠다니는 밤의 도시를 걸었다. 그리고 그 굴다리를 발견했다.

굴다리는 반대편 출구가 전혀 보이지 않게 어두컴컴했고, 가운데 걸린 단 하나의 불만 연극 무대의 조명처럼 빛났다. 그 불빛 아래 사람이 누워 있었다. 작가는 천천히 불빛으로 다가갔다. 녹슨 깡통, 그 옆으로 몇 겹의 종이 상자 위에, 얇은 숨이 종잇장처럼 팔락거렸다.

"저기요, 선생님. 여기서 주무시면 안 돼요."

작가가 말을 걸어봤지만 아무 대답이 없었다.

"일어나 보세요."

하얀 입김 사이로 실 같은 말이 흘러나왔다.

"돈 좀 줘."

주머니에 있던 지폐와 동전을 전부 꺼내 녹슨 깡통에 집어넣었다가, 다시 지폐 한 장을 꺼내 편의점으로 달려갔다. 따뜻한 음료수병을 내 품에 넣고 다시 굴다리로 갔다.

"이거 드세요."

그 사람은 아주 천천히 음료를 받아 품 안에 넣었다.

"신고하지 마. 여기서도 쫓겨나면 갈 데가 없어."

"네, 알겠어요."

작가는 뒷걸음질로 굴다리를 천천히 나섰다. 멀리서 크리스마스 노래가 들렸다. 저쪽과 이쪽은 완전히 다른 세계. 나는 무엇을 위해 글을 쓰고 살아가는 것인가. 그건 작가의 생각이었는지 나의 생각이었는지 알 수 없었지만 우리는 완전히 똑같은 생각을 하고 있었다. 차가운 벽에 잠시 기대어 섰다가 우리는 다시 돌아갔다. 굴다리 한가운데 조명을 받은 그 작고 검은 형체에게로.

"크리스마스니까."

작가는 나를 벗었다. 아직 온기가 남은 음료수병을 안

고 아기처럼 웅크려 잠든 노숙인의 위에 나를 살며시 덮었다. 한참이나 서서 나를, 내가 덮은 이를 내려다보았다. 외투가 없는 그의 몸이 식어 가며 부연 김을 내뿜었다.

"괜찮아요. 어서 집으로 돌아가요. 그동안 고마웠어요."

나는 한쪽 팔을 흔들었다. 그는 내 말을 들었을까. 알 수 없다.

긴 밤이 시작되었다. 체온이 조금씩 내려가 몸이 차가워지는 것이 느껴졌다.

"잠들면 안 돼요."

그를 흔들어 깨웠다.

"저기 소리 들려요? 오늘이 크리스마스래요. 다들 저 환한 곳에서 노래를 부르고 있어요. 우리도 저기로 가 봐요. 저곳에 가면 따뜻하고 밝아요."

그의 몸이 조금 흔들리며 천천히 일어나 앉았다. 음료는 그새 차갑게 식었다. 다시 내 품으로 따뜻한 공기가 조금씩 돌았다. 나는 그를 계속 깨우기 위해 쉬지 않고 말을 걸었다.

"나는 겨울에 태어나서 겨울밤에 좋아할 수가 없어요. 나는 사람을 따뜻하게 해 주는 코트로 태어났어요.

눈을 맞고 바람을 막고, 주머니를 지키고, 또 글도 조금 써요. 지금 나는 글을 쓰고 있는 거예요."

상자를 뚫고 올라오는 냉기에 내 밑단부터 서서히 얼어붙어 가는 것이 느껴졌다. 아무리 의식을 붙잡고 몸을 지키려고 해도 점점 기운이 빠져나갔다. 그래도 나는 말을 멈추지 않았다.

"사람들이 옷을 고를 때 꼭 주머니에 손을 넣어 보는 걸 알아요? 아주 조심스럽게 넣어요. 뭔가 비밀스러운 것을 만지는 것처럼요. 아주 천천히, 다른 손이 튀어나와 잡을까 봐 두려움에 떨면서. 사실 나는 주머니에 비밀을 가지고 있어요. 내 비밀은 아주 깊은 곳에 숨겨져 있어요."

그의 고개가 다시 툭, 떨어졌다. 찬 바람은 몸을 웅크려 굴다리 안으로 몰아쳤다. 아무리 막으려고 해도 바람이 내 안으로 스며들었다. 몸이 스르르 옆으로 쓰러졌다.

"잠들면 안 된다니까요. 내 안에 반짝이는 것이 느껴지지 않아요? 어서 내 주머니에 손을 넣어 봐요. 왼쪽이에요. 반지를 팔면 돈이 생길 거예요."

나는 팔을 들어 그의 손을 잡으려고 했다. 그의 손을

잡아 내 주머니 속으로, 언제나 차가운 손들이 쉬어 가는 내 주머니 속으로 넣어 주고 싶었다. 하지만 그의 손은 더 이상 움직이지 않았고, 나도 그대로 정신을 잃었다.

새벽녘이 되어서 기척이 느껴져 슬며시 눈을 떴다. 검은 고양이 한 마리가 내 품으로 파고들려다가 안에서 흘러나오는 냉기에 화들짝 놀라 도망쳤다. 숨을 거둔 그를 위해 해 줄 수 있는 것은 없었다. 옷은 울 수 없어서 그저 더 이상 차가워지지 않도록 마지막 남은 숨을 오래오래 내 안에 품고 있는 것밖에 할 수 없었다.

의류 수거함에 대해 들어 본 적이 있다. 버려진 옷들이 모이는 곳이라고 했다. 어떤 손들이 빠르게 나를 잡아 그곳에 넣었다. 어두운 상자 안에 수많은 옷이 가만히 몸을 웅크린 채 숨을 죽이고 있었다. 나도 몸을 뭉쳐 안고 조용히 시간이 가기를 기다렸다. 옷은 끝없이 들어왔다. 검은 비닐을 가득 채운 옷들, 가격표가 달린 새 옷, 아주 작은 옷, 아주 큰 옷, 한 짝만 있는 신발, 색깔도 알아볼 수 없을 정도로 낡은 옷, 누군가의 몸을 가지고 있던 것들은 몸을 잃으면 금세 초라하게 쪼그라들어 형체를 잃는다. 우리는 비슷한 모습으로 뭉쳐져 또다시 어딘가로 실려 갔다.

그곳은 더 많은 옷이 모여 있었다. 기다란 길을 따라 우리는 종류별로 나뉘었다. 바지는 그들끼리 모였고, 신발은 그들끼리 한 상자에 담겼다. 소각용으로 분류되는 옷은 종류를 가리지 않았다. 바지도, 티셔츠도, 외투도 소각용은 모두 하나로 모였다.

"겨울옷은 전부 매장으로 갈 거야."

작업반장의 말에 익숙한 손놀림으로 작업자들은 겨울에 태어난 것들을 모아 담았다. 그들은 아무도 주머니에 손을 넣어 보지 않았다.

전과는 다른 옷 가게였다. 차에서 내린 상자를 우르르 쏟아 내 옷을 쌓아 놓고, 사람들은 우리를 헤집어 다른 곳에 쌓았다. 먼지가 후르륵 피어올랐다가 가라앉기를 반복했다.

"이건 걸어 둘 만한데?"

어떤 손이 나를 잡아 옷걸이에 걸었다. 투박하고 거친 손이었지만 따뜻했다.

날마다 옷이 산처럼 모였다. 작은 산은 사람들의 손에 의해 이쪽으로 쌓이고 다시 허물어졌다가 다른 쪽에 쌓였다. 옷도, 사람도, 늘 몰려들었다. 나는 정신을 잃지 않으려고 똑바로 그들을 바라보았다. 하지만 가끔씩 의식을 놓치는 순간이 생기곤 했다. 몸을 잃은 옷의 의식은 그리 길게 가지 못한다. 깜빡 잠들었다가 깨면 밤이었거나 다시 아침이었고, 산처럼 쌓인 옷들은 물결처럼 울렁거렸다.

겨울 냄새에 섞여 희미하게 봄 냄새가 나는 날이었다. 차가운 손이 나를 깨웠다.

"이거 살려고?"

나의 밑단을 잡아 보는 손길이 익숙했다. 누구지, 누구였더라. 정신을 잃는 시간이 점점 길어지며 의식이 흐려졌지만 그 손은 분명히 내가 알고 있는 손이었다.

"꼭 내 것 같아서."

언니의 목소리다. 언니는 겨울마다 그랬던 것처럼 주머니 속에 손을 넣었다. 손은 여전히 작고 차가웠다. 엄마의 손처럼 군데군데 거친 상처가 느껴졌다.

"동생이 제일 좋아하던 코트였거든. 그런데 아니네."

"뭐가 아니야?"

"여기 구멍이 났었거든. 주머니 속에."

"그럴 리가 없지. 그냥 똑같은 브랜드겠지."

"그치?"

"새걸로 사 줄게. 가자."

하얀 손이 스르륵 빠져나갔다.

"가지 마."

나는 목소리를 짜내 말했다. 주머니를 지켜 왔다고. 우리가 다시 만나면 돌려주려고. 여기 언니의 반지를 지켜 왔다고. 하지만 언니는 들을 수 없고 나는 울 수 없었다. 멀어지는 언니의 뒷모습을 바라보며 나는 처음 세상에 나와 맞았던 눈을 생각했다. 날 입고 직선으로 빠르게 걷던, 가장 기뻤던 언니의 걸음을.

이제 나는 의식을 지키기 위해 노력하지 않았다. 내가 바라던 대로 의식이 없고 말하지 못하는 다른 옷들과 마찬가지로 변해 갔다. 정신을 차리지 않아도 괜찮았다. 이제 아무도 나를 입지 않으니, 아무도 지키지 않아도 괜찮았다. 겨울이 지나고 봄 냄새가 나도 눈을 뜨지 않았다. 거대한 기계가 몸을 잃은 우리를 뭉쳐 한데 묶었다. 거대한 상자에 담겼다. 수많은 겨울의 냄새와 주머니를 가진 옷들은 가장 깊은 어둠 속에 놓였다. 우리는 떠날 것이라고 들었다. 아주 먼 곳으로. 더 이상 입지 않는 옷들이 모이는 곳으로. 버려진 옷들이 산을

이루고 물길을 바꾸는 곳으로. 세상의 끝에는 그런 곳이 있다고. 그곳에서 천천히 썩어 가며 서서히 몸의 형태를 잃고 언젠가는 온전히 사라질 수 있을까. 그 뒤엔 우리는 태어난 곳으로 되돌아갈 수 있을까? 스웨터는 하얀 산봉우리가 둘러싸인 초원으로, 청바지는 모든 색으로 물들어 가는 강물로. 나는 어디로, 나는 어디로 가는가.

중학교 3학년 때, 친구들과 명동으로 쇼핑을 하러 갔다. 나는 발이 큰 편이라, 우리나라 여성 신발 사이즈로는 맞는 것을 찾을 수가 없다. 친구들은 모두 예쁜 여성용 구두나 운동화를 사는데, 나는 맞는 사이즈가 없어서 신발을 살 수가 없었다. 그래서 울었다. 사실 기억나지 않지만 친구들은 내가 울었다고 한다. 수십 년이 지난 지금까지도 내가 울었던 그날을 이야기한다.

또 다른 옷에 대한 기억은, 가장 좋아하던 스웨터를 버렸던 일이다. 목부터 허리까지 무지개색으로 된 스웨터로 나는 항상 무지개떡을 입는다, 라고 말하며 그 옷을 입었다. 이사를 앞둔 어떤 날에 그 스웨터를 버렸다. 너무 오래된 옷이고, 이제 무지개색을 입을 나이는 지난 것 같았고, 보풀도 많이 생겼으니까, 하면서 버렸다. 정확히 그 옷을 버린 다음 날부터 후회를 시작해서 지금도 후회하고 있다. 살면서 그렇게 좋아할 수 있는 옷을 다시는 만나지 못했기 때문이다.

이제는 팔다리만 들어가면 옷이려니 하는, 소위 패션을 모르는 옷 못 입는 사람이 되었지만 내가 입는 옷들은 다 나에게 잘 맞고 편안하다. 찢어져도 손으로 꿰매고, 양말도 웬만하면 천을 덧대 몇 번이라도 더 신으려고 한다.

패션 산업이 초래하는 환경오염에 관한 불편하고 끔찍한 진실은 수많은 책, 다큐멘터리 등을 통해 적나라하게 드러나 있으니 이곳에서는 생략하고 각각의 작품에 대한 간단한 말을 덧붙이는 것으로 책을 마무리하고자 한다.

〈하얀 운동화〉는 실제로 길거리에서 본 한 고등학생이 시작점이 되었다. 그 학생은 운동화를 너무나 아끼는지, 걸어가다가 운동화를 닦기 위해 걸음을 멈추었다. 짧은 거리였지만 물티슈를 꺼내 운동화를 몇 차례나 닦았다. 그 모습이 인상적이어서 기억하고 있다가 이 작품의 주인공이 만들어졌다.

〈할머니의 옷장〉은 옷장 안에 들어가서 놀았던 어린 시절을 생각하며 썼다. 옷장의 꼭대기 칸에는 낡은 반짇고리가 있었는데, 할머니는 매일 바늘에 실을 꿰어 달라고 하셨다. 나는 침을 잔뜩 묻혀 꼼지락거리며 바늘귀에 실을 꿰어 넣고 반짇고리 안의 단추들을 만지며 놀았다. 겨울 이불이 빼곡히 차 있는 가운데 팔을 넣으면 은근하게 눌러 오는 무게가 편안했다. 할머니가 돌아가신 후에 이모들이 옷을 나누어 가졌는데 그중에는 밍크코트도 있었다. 그런 기억들을 꺼내 바늘귀에 실을 꿰듯이 천천히 썼다. 옷은 그것을 입었던 사람을 떠올리게 하는 힘을 가졌다.

패션과 연결하여 소셜미디어의 일상화도 이야기할 수밖에 없었는데 그 둘은 긴밀히 연결되어 있기 때문이다. 전날과 같은 옷을 입은 사진을 찍고 싶지 않고, 유행하는 옷을 사지 않으면 큰일이 일어날 것 같고, 남들과 비교하게 만드는 세상이 되어 간다. 〈넌 오늘도 예쁘네?〉에서 이런 이야기를 담고자 했다. 그럼에도 너는 예쁘다고, 옷이 예쁜 게 아니라고 꼭 말해 주고 싶었다.

〈주머니의 말〉은 철저히 옷을 위해서 옷의 말을 써 보겠다고 결심하고 시작한 작품이다. 하지만 옷은 인간을 위해 존재하는 것이기에 결국에는 인간의 이야기가 되고 말았다. 옷에게 나는 소중한 사람일까? 나의 영혼이 옷에 묻어 있을까? 내가 버린 무지개색 스웨터는 지금 어디로 갔을까.